AF617603

144

**NMK**

**Alfonso Barguñó Viana**

# Las ciento cuarenta y cuatro páginas ~~de este libro~~

Primera Novela Materialista

*Basada en hechos reales*

H&O

Primera edición: octubre de 2024


www.hyo-editores.com

Imagen de la cubierta: H&O Editores
Diseño: Silvio García-Aguirre López-Gay
Maquetación: Fotocomposición gama, sl
Corrección: María Campos Galindo
Impresión: Arteos

ISBN: 978-84-128848-3-8
Depósito legal: B 16398-2024

*Para Berta de Port*

Todo se ha escrito, todo se ha dicho, todo se ha hecho, oyó Dios que le decían y aún no había creado el mundo, todavía no había nada. También eso ya me lo han dicho, repuso quizá desde la vieja hendida Nada. Y comenzó.

Macedonio Fernández

## Nota de los editores

Que Alonso Baguñó merece todo nuestro respeto y no parte pequeña de nuestra admiración y que *pierda cuidado la lectora* que aquí nos hemos carcajeado todos. Ja, ja, ja. Que todas las chanzas son pocas en este valle de tintas planas y que cómo no lo vamos a querer, si esto es como con los hijos, que qué remedio. Que se rían con los editores, vaya, que para eso estamos. Sea.

H&O

# PARTES DEL LIBRO

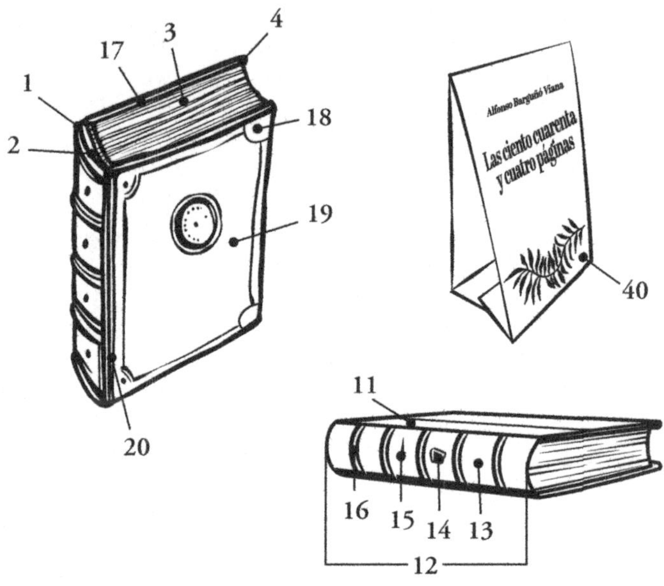


| | |
|---|---|
| 1. Adorno o gracia | 11. Lomera |
| 2. Cabezada | 12. Lomo |
| 3. Corte de cabeza | 13. Entrenervio |
| 4. Punta (matada) | 14. Florón |
| 5. Folio | 15. Tejuelo |
| 6. Portada | 16. Nervio |
| 7. Portadilla | 17. Ceja |
| 8. Guarda | 18. Ángulo |
| 9. Corte delantero | 19. Plano anterior |
| 10. Corte de pie | 20. Bisagra |

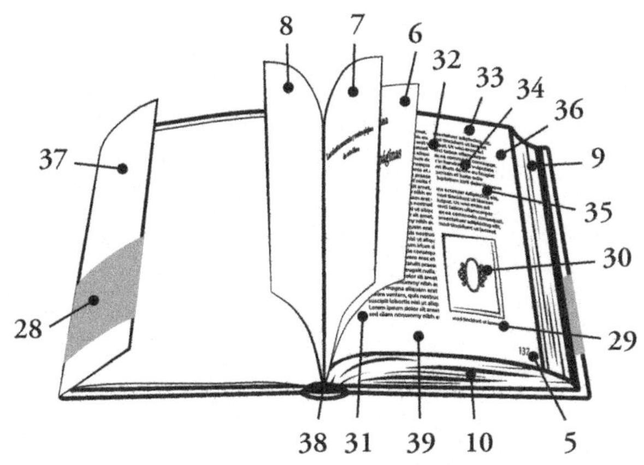


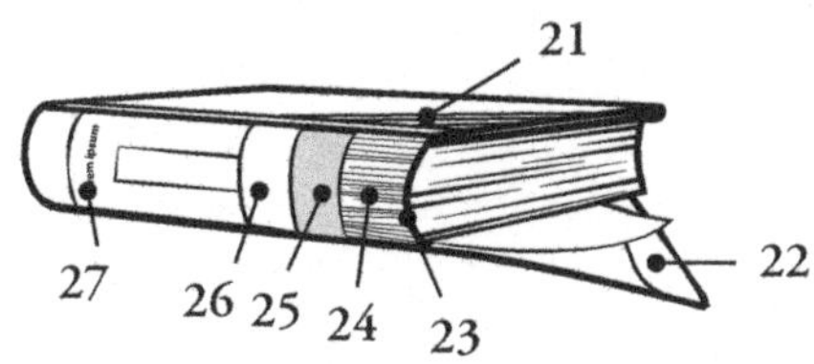


21. Cartón
22. Tela de la tapa
23. Marcas de la signatura
24. Pliegos
25. Gasa
26. Tira de cartulina
27. Título
28. Faja
29. Epígrafe o pie de foto
30. Grabado
31. Márgenes de lomo
32. Corondel
33. Margen de cabeza
34. Columna de texto
35. Blanco de separación
36. Margen de corte
37. Sobrecubierta
38. Boca
39. Margen de pie
40. Faja vertical, peana genial

## Advertencia

Dejaré unas pocas páginas en blanco al principio, para que la lectora pueda entrar en el libro como mejor le parezca, y otras al final, por si quiere quedarse reflexionando o, incrédula, sospecha que la novela no ha acabado y que los personajes siguen con las peripecias a sus espaldas. También alguna entre capítulos, porque muchas cosas quedan por decir en ellos, y después otros espacios en blanco al acabar o comenzarlos, e incluso entre párrafos, lo que podría parecer arbitrario, aunque no lo sea. Que la lectora no crea que puede dar rienda suelta a sus veleidades de escribidora y garabatear lo que se le ocurra en ellas, pues es blancura de mi puño y letra, sujeta a todos los derechos correspondientes, como consta contractualmente con los H&O de marras.

Otra advertencia: en ocasiones, no escribiré nada (véase el final de la segunda parte, por ejemplo), y me quedaré así parado, frente a la pantalla; o llamarán al interfono y deberé contestar; o me aburriré y me distraeré (me distraigo muy fácilmente). La lectora deberá acostumbrarse a ello, y no seguir leyendo tan por delante de mí que yo no sepa ni lo que escribo. No, no señora; como digo, en ocasiones no escribo nada, y a la lectora no le quedará otro remedio que convenir. Pierda cuidado: en cuanto empiece de nuevo, lo advertirá.

## Advertencia (II)

Uno de los mayores peligros de una novela de un interés tan agudo y seguido como la nuestra es que la lectora lea tan de corrido que no sea capaz de frenar a tiempo y se despeñe en la última página. Es por ello que se irá ralentizando la lectura con fragmentos más contemplativos o inconexos que desinteresen la atención de forma gradual y controlada. No sería la primera vez que, por falta de cuidado, se tenga que lamentar un accidente y que el autor se vea sujeto a demandas por daños y perjuicios. La lectora está por tanto avisada. A partir de aquí, que lea con prudencia, y cuando note cada vez más desnudo el tacto de las páginas en su pulgar derecho, que se prepare: la novela está por terminar.

## Advertencia (y ya)

La lectora atenta captará recuerdos de otras lecturas en estas páginas, que según el ánimo de quien se balancee en ellos serán llamados «copias», «plagios», «préstamos» u «homenajes», como esta misma *Advertencia de Plagios* que está leyendo y que copié de Macedonio Fernández palabra por palabra. El autor los utiliza como piezas constructivas de la narración, sin ningún ánimo de lucro. Se advierte por tanto de que nada hay de original en las páginas que siguen y de que todas las palabras que aparecen en ellas ya han sido escritas con anterioridad.

## Prelibro

Leyendo en la página 59 de *Chris Marker y La Jetée*, de Antònia Escandell Tur, que Jean Thibaudeau y Marcelin Pleynet propusieron la creación del cine materialista en unas declaraciones a la revista *Cinéthique* en 1969, un cine que consistiría en no ocultar el proceso productivo de la película, me ha venido a la cabeza, mientras tomaba un café y fumaba un cigarrillo al lado del balcón para aprovechar los rayos de sol que entran a las tres de la tarde en casa, que falta por contar la historia productiva de un libro, de cualquier libro, de un libro como el que la lectora tiene entre las manos. Una lectora que seguirá viva al menos durante unos instantes más y que me acompañará en este relato, ojo con ojo, si quiere, o a cierta distancia —no siempre es fácil ganarse la confianza en una novela, y menos cuando el autor no juega limpio, lo cual no es mi caso—. Para muestra un botón, se suele decir, y mi botón lo tiene la lectora frente a los ojos, hablando ahora mismo en sus sinapsis neuronales: *Esta es una de Las ciento cuarenta y cuatro páginas de este libro*. E incluso podría decir que ninguna historia propiamente dicha puede revalorizar con más legitimidad el manido *Basado en hechos reales*, del que tantas veces se ha abusado y que se ha colocado con toda la fe bajo el título de este libro; y que ahora la lectora no podrá recurrir al *Si no lo veo, no lo creo*, ni podrá negar que sus dedos estén tocando la realidad misma de la historia que se cuenta, ni dejar de oír, quiera o no quiera, unas palabras que nadie pronuncia.

Qué quiero decir yo con novela materialista, oigo que pregunta la lectora, y agradezco el entusiasmo y el interés, pero deberé pedirle todavía un poco de paciencia antes de poder mostrarle evidencias (y digo bien, *evidencias*) de a qué me refiero; bástele saber, por el momento, que queremos dar voz a todos los elementos que intervienen en la producción de este objeto mudo —recuérdelo la lectora—, como el papel y las páginas, la tinta, el hilo o la cola, así como a todos aquellos trabajadores (personajes) que, con más o menos pasión, han puesto su granito de arena para que este libro llegara a la librería habitual de la lectora desde las selvas de Madagascar. Y por supuesto deberemos hablar de la librería habitual y de la lectora en cuestión que, probablemente, podría considerarse la protagonista de este libro, con el permiso del libro mismo. Al menos así se lo podemos hacer creer por el momento, ¿no le parece?

Por poner un ejemplo: si la lectora ha prestado un poco de atención a lo que no suele leerse, se habrá fijado en que en la parte inferior izquierda de la sexta página de este libro (llamada *página legal*) aparece un código ISBN que en este caso es el 978-84-128848-3-8. Señales menos misteriosas han dado pie a que algunos novelistas hayan creado todo tipo de relatos e incluso mundos literarios, sin el menor reparo por la verosimilitud ni respeto por el tiempo de la lectora, algo a lo que yo, gracias a una elección materialista, no tengo por qué prestarme. No necesito más que tirar con rigor (y habrá momentos, lo reconozco, en que me fallen las fuerzas o tenga mejores cosas que hacer) del estricto hilo de la realidad, en este caso, de la oficina de la Federación de Gremios de Editores de España, en la calle Valle Inclán de la ciudad de Madrid, donde Marta González Lima, encargada de tramitar las solicitudes de las editoriales que quieren registrar sus libros en el ISBN, nos puede decir, en exclusiva para este libro: «Es un trabajo mucho más apasionante de lo que parece, pero a mí lo que me gusta es patinar».

Es solo un ejemplo para que la lectora se haga una idea de a qué materialismo apelo cuando afirmo que esta es la *Primera Novela Materialista*, y volveremos con Marta González Lima más adelante, en cualquier momento, pierda la lectora cuidado.

Es una mujer magnífica que tiene reservadas varias escenas importantes.

Tampoco se me podrá acusar de desbaratar la intriga de la novela si desvelo que el final de la historia de este libro son las palabras que la lectora acaba de leer en los párrafos precedentes, es decir, que el final de esta historia comienza con su lectura. Que, una vez llegados a este punto, deberé soltar la mano de la lectora o perderla de vista, si es que todavía sigue conmigo y no ha decidido dedicar su tiempo a otras cosas, lo cual no podré de ninguna forma censurarle, porque, sobre todo, necesitaría su presencia, y porque reconozco que yo mismo soy un lector infiel e inconstante, caprichoso, hedonista y con pocos compromisos morales. Por esta razón ya avanzo que el final de esta historia es el libro que la lectora tiene entre las manos (un final, si se quiere, feliz, a la americana) y que lo que comienza a partir de aquí podría ser una historia (o no), pero que en todo caso es *otra* historia, cuyo responsable ya no soy yo, como autor, sino la lectora, que podrá hacer con ella lo que le venga en gana (mi primo, por ejemplo, suele utilizarlas para calzar estanterías).

# El papel

## I

Una vez fijado el inicio y el final del libro, y habiendo puesto en marcha a la lectora con un leve calentamiento de las áreas cerebrales de Broca y Wernicke, no me gustaría perder la inercia ni provocar distracción alguna que pudiera entorpecer el paseo que propongo, una letra tras otra, así que aprovechando que todavía debe resonar en las neuronas la palabra *Madagascar* que he dejado caer poco antes no sin cierta picardía, voy a dar ya algunas pinceladas sobre la estructura del libro, unas cuestiones que se consideran formales en otras novelas, pero que en esta implican al mismo tiempo fondo y superficie: con un total de 144 páginas de papel Oria Bulk Ivory y tinta Ink-Jet, una portada de cartulina gráfica de 300 gramos a dos colores, el peso que este libro puede tener en la literatura universal es exactamente de 231 gramos, lo cual lo convierte en algo más pesado que *La metamorfosis* y en algo mucho más ligero que *Anna Karénina*. Con unas dimensiones de 18 centímetros de largo y 12,2 centímetros de ancho, y un grosor de apenas 1,3 centímetros, es un libro que puede calificarse, *de facto*, como de bolsillo, es decir, portátil y ajustado para la ciudadana moderna, perfecto para la excursión que propongo a la lectora (sí: más que discurso, excurso).

Dentro de esta estructura, el material más abundante es el papel y, a pesar de que procede de tres lugares distintos, la selva de Madagascar es el origen predominante (los otros son la selva de Borneo y la del Amazonas). Se podría decir, por lo tanto, que proviene de uno de los *pulmones* del mundo, pero, dado que en las novelas materialistas nos abstenemos de las metáforas en la medida de lo posible, diremos que proviene de un árbol con código de referencia SRT53436, extraído el 26 de abril de 2024, a las 13:04 hora local, en la región D45 de la empresa maderera WoodenLand, con sede en las islas Reunión pero con actividad casi exclusiva en Madagascar, y talado por George Andriamanantena, de veintiséis años, que, como veremos, no cobró nada por él.

La información que tenemos del árbol SRT53436 no es abundante, pero nos puede dar una buena idea sobre su carácter. Convendrá la lectora en que es un escenario esencial de esta historia, y que no es el mero paisaje o *atrezzo* que habitualmente encontramos en las obras de teatro escolares. Es la médula misma, el *tronco* de la historia. El árbol que George Andriamanantena tala el 26 de abril de 2024 es una dalbergia, cuya madera es muy apreciada para los instrumentos musicales y otros productos de lujo. Fue decisión del editor que fuera el papel de dalbergia, y no de eucalipto, ni de pino radiata, ni de chopo, el que diera forma y esqueleto a este libro (por su musicalidad, dijo, aunque ya veremos que también esto era mentira); pero centrémonos de nuevo en las inmediaciones del río Onive, donde George debe prestar más atención a los cocodrilos de la orilla que a las dalbergias que lo rodean. Se encuentra en la región de Alaotra Mangoro, el lugar donde nació su padre, y donde nació también el padre de su padre, y así sucesivamente, y, por mucho que le duela talar ilegalmente una de estas hermosas dalbergias, se dice en su lengua malgache: «Aleo maty rahampitso toy izay maty androany» ['Mejor morir mañana que hoy']. Ha venido desde Antalaha, tres horas en coche, luego cuatro horas en canoa remontando el río Onive, dos más caminando por arrozales y ahora acampa junto con otros jóvenes, comiendo una raíz de nombre no traducible y bebiendo café, afilando sus hachas, contando historias, no es difícil sentirse solo en medio de esta inmensidad verde. Justo antes de que caiga la noche, se oye a una lechuza de campanario abrir la veda para la caza con un trino parecido al de un saxo roto, y es una señal que solo entienden otras lechuzas campanario y hombres como George, que ha crecido en la selva. Amanece y George fija la mirada en una dalbergia, en una de cuyas ramas hay un camaleón pantera. Me gustaría extenderme más sobre este bello árbol y sobre la técnica verdaderamente complicada que requiere la sucesión de hachazos (el tercero de los cuales hace saltar al camaleón pantera, que garbea con cara de fastidio), pero la historia de este libro debe ser breve y portátil, y me disculpo de antemano por si algunos personajes o escenas no aparecen del todo acabados o no se les da el suficiente relieve. En estos casos necesitaré la ayuda de la lectora para que complete la imagen según su capacidad. Por ejemplo, qué estatura tiene George, cuál es su estado civil, si tiene un lunar sobre el labio o no, y, si lo tiene, si se lo tapa el bigote o si, alguna tarde, según la inclinación de la luz del sol, es posible vislumbrarlo cuando se lía uno de sus famosos cigarrillos de tabaco y marihuana: con todo esto deberé pedir ayuda a la lectora.

Volvamos ahora a los hachazos, al crujir de la madera, al silencio sordo del árbol caído. George le arranca la corteza blanca y parte el tronco en trozas de unos dos metros. Las carga una a una en los hombros, o las arrastra cuando ya no puede más (le parece que tiene una tendinitis, o algo así, en el codo), y las lleva a la canoa. Son dos días de trabajo duro y George echa de menos que su hijo Heryzo venga a despertarle por las mañanas. Viven en una casa de ladrillo de una planta, con mesa y sillas de plástico rojo de la marca Coca-Cola, muy cerca del mar, que deja oír el oleaje. Podría comprarle una bicicleta al chico, o arreglar las goteras del techo de hojalata. Pero cuando ya está descendiendo el Onive, contándose el cuento de la lechera malgache, le detienen una barricada y treinta hombres torvos que no tienen mucho respeto por el esfuerzo y la dignidad personal. George se repite el dicho «Aleo maty rahampitso toy izay maty androany» ['Mejor morir mañana que hoy'] y deja que los mercenarios le arrebaten la mercancía. Él sigue río abajo, prometiéndose que nunca más va a talar una dalbergia y que, como mucho, se limitará a transportarlas en canoa, como hace su amigo Renmo. Se lía un cigarrillo mitad tabaco mitad marihuana y decide, con la caída del sol de fondo, que hoy ya no va a pensar cómo alimentará a su familia.

Y aquí, por el momento, tenemos que dejar a George Andriamanantena (esta postura romántica no le desagrada del todo), porque la madera de este libro se ha quedado en manos de los treinta mercenarios, río arriba. Son ellos —concretamente, su jefe, Narivelo Rajaonarimanana, un hombre, casi no hace falta decirlo, sin escrúpulos— quienes venden las trozas de George a la empresa WoodenLand y, debido a unas imperfecciones irrecuperables que ha provocado el transporte, el director de producción de la fábrica, Albert Raharimanana, decide convertirlas en pasta de papel. Albert no es un hombre vanidoso, pero, a veces, si consigue abstraerse del estruendo de las máquinas, le gusta fantasear con cuántos millones de libros ha hecho posibles. Está todo registrado en los archivos de WoodenLand y, cuando se queda solo en la fábrica porque no tiene ganas de volver a casa, enciende el ordenador y le pide al sistema informático que lo recuente todo, desde el día que él entró a la fábrica, veinte años atrás. Cada vez que lo hace, parece que la máquina vaya a colapsarse, por el puro conteo casi infinito de millones y millones de libros que campan por el mundo entero, libros como este, hechos con la pasta de papel de Albert Raharimanana. Y al escrutar las cifras que recorren la pantalla como una cortina de agua, Albert se pregunta quiénes deben ser todos estos lectores, los lectores que ahora están mirando esta página, qué desayunan, qué sienten, si también tienen problemas, como él, con su padre, y si se despiertan por las noches llorando, y cuando su mujer o su marido les pregunta qué les pasa responden «Nada, no me pasa nada» o, al contrario «Ya se me pasará».

«Son estos los personajes que más emocionan», me dice Marta González Lima, la mujer que garabatea los números del ISBN. Y, como si fuera necesario añadir algo más, añade: «Parecen personas insignificantes, pero contribuyen, desde las lejanías tropicales, a que el mundo siga su curso; o, mejor dicho, su contribución desde las lejanías tropicales es esencial para que el mundo siga su curso». No puedo estar más de acuerdo con Marta González Lima, y así se lo digo desde aquí, justo al lado de un baobab malgache que inevitablemente me lleva al hermoso inicio de *El Pequeño Príncipe*, pero el Pequeño Príncipe no pertenece a esta historia, como me recuerdan los golpes en el dorso de estas páginas de los personajes que aún no han aparecido. ¡Tranquilos, tranquilos! ¡Sé muy bien qué historia estoy contando! Todavía queda tiempo, mire si no la lectora las hojas que aún tiene que recorrer en la tripa de este libro. Exactamente nos quedan 128 páginas, aunque la lectora canguro podrá ir saltando a su antojo: nada más libre que el ritmo lector.

Volvamos, pues, a este libro.

La pasta de papel de Albert Raharimanana es blanqueada con dióxido de cloro, embalada y cargada en un buque mercante llamado *Green Seal*. Entre los contenedores de vainilla, níquel en bruto y matas de cobalto ha cundido el pánico porque circulan historias sobre los piratas somalíes que, en algunos casos, han llegado a tirar por la borda a la tripulación entera. En la torre de mando, Abubakar Tutmose, el capitán egipcio, cavila sobre una vieja carta de navegación. Clava el compás con precisión y traza fragmentos de circunferencias en varios puntos de las aguas territoriales africanas. Estas son las decisiones a las que debe enfrentarse un capitán, y no son fáciles. Cuando ya ha salido suficiente humo de su pipa, un suspiro de alivio recorre el buque: nada de piratas. Abubakar Tutmose se ha decantado por la ruta del cabo de Buena Esperanza y se lo comunica al jefe de máquinas. ¡A toda marcha!

No deja de ser un viaje peligroso porque estamos en junio de 2024, en plena estación de tormentas australes. Olas de seis metros, vientos huracanados. Pero Abubakar es un viejo lobo de mar. Ya no sabe ni cuántas veces ha dado la vuelta al mundo. Desde que comenzó como estibador en el puerto de Alejandría en 1986, su vida también ha dado muchas vueltas, y no siempre en el mismo sentido que el planeta, al menos es lo que le parece. ¡Quién le hubiera dicho la de problemas que iba a tener con las mujeres! En la sala de mando, mirando abstraídamente el barómetro, piensa en sus tres bodas y en lo desgraciado que ha sido. ¡Tres mujeres hermosas, jóvenes, sanas, en la flor de la vida! Y, ¿en qué se habían convertido? ¡Ja! Casi suelta una carcajada en medio de los oficiales. Pero, en fin, él también había cambiado, qué remedio, y no siempre para bien. Cada vez aceptaba travesías más largas y no tenía ganas de volver a casa, se sentía inútil. Sí, tenía cinco hijos, dos chicos (uno de ellos ya estaba haciendo carrera en el ejército) y tres chicas (dos ya casadas). Eran honrados y piadosos, respetaban a su padre. ¡Pero qué desgraciado, qué desgraciado había sido! Lo que él siempre había querido era ser actor, como Omar Sharif. Tiene un bigote largo y blanco, unos ojos, como siempre le han dicho, de gato, y la calvicie ha sido bastante benigna teniendo en cuenta que su padre y su abuelo habían sido calvos antes de los treinta y cinco. No, no estaba mal. Incluso podría pensar en casarse de nuevo, medios no le faltaban, y con esa cara… ¡Abubakar Tutmose, todavía eres un galán! Es lo que se dice en su camarote, donde le gusta ensayar diálogos frente al espejo.

El *Green Seal* es un portacontenedores de 176 metros de longitud total, 12 de calado y tiene capacidad para 8.000 contenedores o unas 60.000 toneladas. Se requieren 327,8 litros de diésel marino por cada milla náutica a 20 nudos (que es la velocidad media de estos mastodontes), y para completar su travesía alrededor de África deberá recorrer más de 9.000 millas. Con unos pocos cálculos, la lectora se dará cuenta de que se han requerido unos 0,12 litros de diésel marino para que este libro esté en sus manos.

Hay veinte tripulantes a bordo: tres oficiales de puente, dos de cubierta, un piloto, una oficial radioelectrónico (Svensson, una sueca veterana y discreta), el maquinista naval, un segundo ingeniero y un tercer ingeniero, y diez marineros rasos, que también se ocupan de la cocina y la limpieza. La torreta es blanca, con una altura de veinte metros, el casco de obra muerta es de color negro, y el de obra viva de color rojo, muy típico, sin nada especial. En el mapa digital de rutas marítimas se lo ve como un punto diminuto, junto a muchos otros, que avanza lentamente entre el cabo de Buena Esperanza y la terminal petrolera de Penington, cerca del puerto de Lagos. Fascinado por este mapa de lucecitas móviles y misteriosas, Abubakar prefiere pensar que son como la circulación sanguínea del planeta: hemoglobinas del comercio, anónimas y esenciales. Cada una llevando su cargamento, sin hacer ruido, sin pausa, enfrentándose a las calamidades del mar. Nadie les da las gracias. Y ellos se han acostumbrado, son hombres y mujeres para quienes la dura vida en el buque es su única salvación, se dice compungido.

Abubakar no pararía en Lagos si no fuera por Svensson. Por alguna razón que se le escapa, nunca ha aparecido en su camarote para decirle «Capitán Tutmose, si no fuera molestia...» o «Mi capitán, Alá sabe que yo no quiero pedirle esto...» o «Señor Tutmose, he recibido una terrible noticia...»; no, Svensson es fina y prácticamente invisible, nunca pide nada, pero cada vez que pasan por Lagos Abubakar siente que, con estrategias sutiles (la carencia de una pieza de esos aparatos que maneja milimétricamente, por ejemplo), quiere parar en el puerto. Si la lectora conviene, podemos dedicar un momento a la melancólica historia de Pía Svensson que, con el control de las ondas radioeléctricas en el *Green Seal*, también ha contribuido a que este libro esté donde precisamente está.

### La historia de Pía Svensson

Cuando Svensson era una niña, le apasionaban los atlas. En uno de ellos, vio un gran espacio en blanco en medio de África y le estampó su manita regordeta: «Es aquí donde quiero ir». A los quince viajó por primera vez a África; a los veintidós, vivía en Kinshasha. A los veintiocho se volvió a enamorar; a los veintinueve se quedó embarazada por primera vez. Dos meses después de parir el segundo hijo, le gritó a Mamadú, su marido: «¡No puedo más!». Mamadú era un buen chico, la verdad. Su hermana se ocupó de los niños hasta que volvió a casarse (con una mujer de Lagos, como le habían insistido familia y amigos). Y Svensson se fue. Viajó primero por todo el continente. En Etiopía conoció a Shura, pero no tuvieron mucho tiempo para estar juntas. Shura murió de cáncer tres años después. Entonces Svensson estudió radioelectrónica. Le gustaba esa vida solitaria. Pero cada vez que pasaba por Lagos, era inevitable, irreprimible. Sus hijos ya eran adolescentes. La llamaban *Varen danam*, que en su lengua significa «ave migratoria». Hablaba poco de su infancia en Suecia. Su padre tenía un hotel en el sur. Quizá fuera el estar continuamente rodeada de viajeros lo que la empujó a marcharse, y lo que la seguía empujando, porque Pía Svensson no podía estarse quieta. Era, además, una mujer físicamente fuerte, grande, pero muy ágil, y con un sentido del humor gótico, que a veces desconcertaba a los marineros novatos. Y si tuviera que esgrimir alguna razón de por qué Svensson no iba nunca al camarote de Tutmose, diría que Svensson es una mujer que no deja cabos sueltos. Al menos eso ha aprendido. En las horas muertas, le gusta meterse en la cabina y escuchar las conversaciones radioeléctricas, historias tristes, pero que la acompañan en las largas noches del Atlántico. O a veces se queda en su camarote, donde tiene una pequeña biblioteca, y abre un libro cualquiera y lee una frase al azar, como, por ejemplo: «Cuando Svensson era una niña, le apasionaban los atlas».

Durante dos días Svensson desaparece y Tutmose mira el bullicio de la urbe desde su atalaya del puerto. Paul McCartney grabó *Band on the Run*, su tercer disco en solitario, en esta ciudad partida por islas en diciembre de 1973 y llegó al número uno en Noruega. No hay ni una brizna de aire y llueve todo el día, y, cuando no llueve, la humedad es tan alta que la llaman «lluvia lenta», porque nadie para de sudar. Svensson vuelve, como siempre, rejuvenecida. Tutmose la reprende delante de todos por desaparecer, solo para disimular lo mucho que le gusta haberle dado una alegría. Es una especie de acuerdo tácito. Un pacto laboral, de equilibro entre los agentes de producción, para seguir con lo de la novela materialista (mal entendida).

Porque esta es una novela política, sí. Defiende los derechos de los trabajadores; es más, defiende también a los que no trabajan, y a los que lo hacen solo de vez en cuando. No obstante, los engranajes de una fábrica son diferentes de los de una novela; parece una perogrullada, pero hay que repetirlo. (La novela no tiene medios de producción, tiene *medios de expresión*.)

La travesía del *Green Seal* de Lagos hasta las islas Canarias y, después, hasta Algeciras es mucho más tranquila y placentera. Mohammed Castells, estibador, acciona la palanca de la grúa y el contenedor con la pasta de papel de la dalbergia que taló George

Adrianamantena toca por fin el suelo de la península ibérica.

*Recibo una nota del editor, Hidalgo & Ortera, ese monstruo bicéfalo que no siempre sigue las reglas básicas de la educación cuando un autor le envía algunas páginas del proyecto en curso. Señala, por ejemplo, que «lo de Tutmose y Adriamanantena no se lo traga nadie», «que el papel es de una fábrica de l'Empordà, es de pino radiata de un bosque del Pirineu, pareces inútil, por favor» (esto, como veremos, también era mentira). Y otras lindeces. Que el pacto era decir estrictamente la verdad, que esto no es un divertimento.*

*Yo le respondo con un lacónico «Me dedico a los medios de expresión», quiero desconcertarlo un poco, no sé qué decirle. Pero a la lectora quizá le deba una explicación más concreta, y es esta: la falta de medios materiales me ha impedido escribir materialistamente esta primera parte. ¡Qué contradicción! Y, a la vez: qué gran verdad. Estaba fuera de cuestión ir a Madagascar, o incorporarme como tripulación en un buque mercante. No quiero hablar de mi vida familiar, pero fue un factor. Necesitaba miles de euros, miles. Si este libro tiene éxito y genera ingresos, por qué no, se podría escribir entonces una primera parte verdaderamente materialista. La lectora se hará cargo (también) de todo esto en cuanto conozca las condiciones materiales del autor. Quizá haya que esperar a la* Segunda

Novela Materialista *para la llegada de la* Primera Novela Materialista. *Hasta entonces, la lectora deberá imaginar por su cuenta allí donde yo me quede corto o largo. Y le aseguro, ahora sí, que a partir de la península ibérica todo lo que escriba seguirá el estricto hilo de la realidad, como una radiografía emocional de los medios de producción. Palabra.*

## II

Gran parte de esta novela transcurre en la imprenta. No es de extrañar. Es allí donde este libro se materializa.

En una nave de Hospitalet de Llobregat, llena de polvo y luces focalizadas, de libros rotos y libros sin letras, Casandra Ballesta mira de cerca, de muy cerca, las manchas de tinta de una página. Con la uña del dedo índice, rasca la superficie tintada y chasquea la lengua. Le viene a la memoria una palabra que los japoneses aplican a la arquitectura, *utsuori*, y que se traduce a duras penas como 'cambios de luz'. «Cambios de luz», dice Casandra Ballesta en una voz tan baja que apenas puedo oír, «es lo que yo hago en cada página». Cada una de estas letras deja su marca de sombra en el espacio blanco, en la luz infinita que, sin ellas, nos cegaría. Son pilares, paredes maestras, vigas, ventanas y puertas que cortan el papel y que dan forma a esta casa rectangular de 144 pisos. Demasiado acostumbradas a que una ce no sea una cueva, ni una eme una montaña, han perdido su sentido original y sagrado —como puertas y ventanas— para conformarse con cumplir una función. Pero no es así como Casandra ve las letras. Ella piensa en la palabra *utsuori*, en los cambios de luz. Ella piensa en los cuadros de Vermeer, aquellos en los que una mujer lee una carta o sirve leche junto a un resplandor. Ella piensa en cuando está tumbada bajo un árbol y la luz cruza las hojas y recuerda el verso de Olvido García Valdés: «acacia pianista de la brisa».

Desde la ventana del segundo piso de la nave contempla la extensión de cajas de hormigón que llega hasta el mar Mediterráneo. Los aviones descienden del cielo para aterrizar en el aeropuerto de El Prat, como dientes de león extremadamente lentos. Son las cuatro de la tarde del 28 de julio de 2024 y llega un camión de la empresa J. Vilaseca S. A. con las bobinas del papel que conforman este libro. Jerónimo Rodríguez, el mozo de almacén, las descarga con un toro de brazos semicirculares y las apila formando cilindros de más de ocho metros de altura.

—El viernes que viene haré un concierto en la Salamandra —le dice Jonathan Carlos, el transportista, mientras se sienta sobre uno de los palés repletos de libros de Ángel Crespo y se enciende un cigarro—, esta vez tienes que venir sí o sí.

Jerónimo ríe.

Cada vez que Jonathan Carlos viene a descargar papel en Arteos (la empresa que imprime el libro que la lectora tiene en las manos), le pide a Jerónimo que escuche alguno de sus temas nuevos. Los pone tan altos que incluso Casandra Ballesta los puede tararear desde su despacho del segundo piso. Pero a Jerónimo no le gusta el jebi metal. Le dice:

—Haced una ranchera, hombre. Algo que se pueda bailar arrimaíto. —Y vuelve a reír, pero, esta vez, por otra cosa.

Para que Jerónimo pudiera descargar estas balas de papel tuvo que nacer hace cuarenta y siete años en Oaxaca, México, y enamorarse de una mujer preciosa, Mariana, que lo abandonó porque Jerónimo nunca llegaba al final de la botella de mezcal. No acabó engullido por la bebida gracias a un primo que se ofreció para echarle una mano en Barcelona. Cambió de país y cambió de vida. Hace veintiún años que no prueba una gota de alcohol. Pero lo recuerda, y recuerda lo que era bailar bien prieto con Mariana, cuando la botella de mezcal estaba medio llena y había tantas cosas por hacer. No hay nada como una buena ranchera y el cielo de Oaxaca, digan lo que digan. Y entonces ríe.

—El jebi metal es místico, Jerónimo, el jebi metal te conecta con Dios —dice Jonathan Carlos, y, al hacerlo, mira instintivamente al cielo y se encuentra con los ojos de Casandra Ballesta.

Parece que los reflejos de cristal separen irremisiblemente a Casandra de estos dos hombres. Pero no es así. Cuando Casandra mira a Jerónimo o Jonathan Carlos lo hace como si mirara a sus propias piernas. Para ella todos los operarios, técnicos y directores de la imprenta son una extensión de su cuerpo. En una ensoñación —a las que es tan propensa—, añora los tiempos de los papiros. Añora ser una de las mujeres con piel de ébano del alto Nilo que cultivaban los juncos con los que se fabricaban aquellas primeras superficies vegetales. Añora también el pergamino. Y añora entonces estirar una piel de oveja, delicadamente, hasta que quede tan fina como un pelo de camello. Y antes, cuando la gente escribía sobre tablillas de barro, añora modelar la tierra húmeda. Y antes, cuando escribían sobre el suelo, añora ser el suelo mismo, el mismo suelo de esta página. Entonces recuerda los versos de Walt Whitman:

*Camerado, this is no book,*
*Who touches this touches a man,*

*(Is it night? are we here together alone?)*
*It is I you hold and who holds you,*
*I spring from the pages into your arms—decease calls*
*me forth.**

«La muerte me llama», repite Casandra en voz baja. Jonathan Carlos no deja de mirarla, pero ella vuelve a la silla giratoria y enciende el ordenador. En la bandeja de entrada, un mensaje de una pequeña editorial de la ciudad, Hocico & Orejas, le adjunta un pdf titulado *Las ciento cuarenta y cuatro páginas de este libro*. Ya le han dado problemas antes y a mí me parece que su desconfianza no es injustificada: en poco más de diez libros que han hecho juntos le han exigido dos reimpresiones por defectos menores. «Debo ser comprensiva», se dice Casandra, «en un libro converge el amor de muchas personas». Esto quizá sea verdad, en todo caso lo es en este libro, pero todo tiene un límite. Incluso, como acabo de escuchar en una película italiana, «todo no es suficiente».

Una máquina parecida a un intestino gris ocupa el taller de producción, en el piso de abajo, pero a

* Camarada situacionista, esto no es un libro, / el que lo toca toca a un ser libre de ataduras materiales / (¿Es de noche? ¿Estamos los dos solos?) / me tienes a mí y yo te tengo (entendámonos bien: sin propiedad alguna), me sujetas y te sujeto (entendámonos bien: con libertad total), / salto desde las páginas a tus brazos (¿Es de noche? ¿Estamos los dos solos?): la muerte me llama.

Casandra últimamente todo le queda muy lejos, aunque sean sus mismas entrañas. A veces piensa que debería haberse marchado a Estados Unidos cuando le ofrecieron un puesto en la Universidad de Appletown, o haberse dedicado a escribir. Ahora más de una amiga se ha congelado óvulos. No sabe por qué le da por pensarlo. Nunca ha sido previsora. ¿Hay que serlo? A Olivia le han diagnosticado un cáncer y no tiene ni cuarenta años. Y otras tienen hijos y malviven con sueldos míseros, soñando con otra vida, cualquiera. Entonces, ¿para qué prever? En la clase de meditación zen le dicen que tiene que fluir, que no es lo mismo que dejarse llevar. «El reflejo de la luna sobre el agua del río.»

«Es exactamente así como yo veo su cara a través de la cristalera», me dice Jonathan Carlos.

Y hay mucha verdad en su mirada.

La lectora se preguntará: ¿por qué Jonathan Carlos mira a la cristalera, incluso ahora, cuando Casandra ya no está? ¿Por qué Casandra vuelve a la silla giratoria, sin sonreírle, pero con un palpable sentimiento de culpa? ¿Por qué esta sensación de desapego, de levedad, en esta tarde del 28 de julio de 2024?

Para ello echaremos boca del servicio de un poeta en prácticas, Samuel Matacavalls, que ha compuesto un romance por encargo con la historia de Casandra y Jonathan Carlos.

Este es el romance:

***Romance de Casandra***

Casandra esperando a Javier
que debe estar otra vez
en la cola de un avión
sin conexión a internet.
Pero ya está harta:
Casandra sale esta noche,
quiere bailar y beber.
En un tugurio del centro
ve anunciado en un cartel
un concierto de rock duro
que no se quiere perder.

En la pista abarrotada,
una hermosa muchacha:
Danila dice se llama,
la toma de la cintura
y entonces se oye de fondo
la voz de Jonathan Carlos,
el tigre con voz de oro.
Bailan Danila y Casandra,
brillan en el alboroto,
se acercan sus labios de a poco
y las mira Jonathan Carlos
entre la luz de los focos:

«Tu cuello es mi ciervo herido que despierta al
animal»
resuena el verso en el aire
poco antes del final.
La noche es blanca y hermosa como una noche de
San Juan
Casandra y Danila corren
por las calles del Raval.
Y el hilo de su destino
es una hebra de azafrán.

El encuentro es tan natural como un antiguo ritual:
corre la sangre del tigre por la copa de cristal
y el tímido sol cabalga
la espalda negra del mar.

(Un poco críptico, pero en fin. Gracias, Samuel.)

Esto fue el 23 de junio.

Ahora se entenderá mejor por qué Jonathan Carlos mira la cristalera cuando Casandra ya no está, y por qué Casandra vuelve a su silla giratoria y da vueltas con un leve sentimiento de culpa. ¿Qué debe hacer? Ya se ve por qué en este libro converge el amor de muchas personas, y eso que no he hecho más que empezar. Entre estas páginas, fácilmente confundibles por sábanas, los personajes que han hecho posible materialmente este libro desplegarán las capas de sus emociones y figuraciones, de sus deseos y anhelos, de sus miedos y frustraciones, se colarán en alcobas, echarán canas al aire, retozarán, ornamentarán cornamentas esplendorosas, tendrán éxito y fracasarán, sentirán dolor y amor y etc. ¿Para qué sirven las novelas, si no?

Todas las imágenes del poema de Samuel Matacavalls pasan por la mente de Casandra y las vueltas y vueltas en la silla giratoria no las hacen parar.

Marta González Lima me dice: «Entre personajes así es un gusto verse, la verdad. En otras novelas, los personajes son de cartón piedra, o, peor, son demasiado reales. Yo no acepto papeles sin ton ni son, ni me presto a dar voz a nadie como si la mía propia me faltara, ni soy personaje de usar y tirar, ni personaje comodín, ni personaje pieza de puzle, ni mucho menos persona que se convierte en personaje, qué horror. Pero aquí, junto a Casandra, recordando los ojos iranís de Jonathan Carlos, me estremezco como una hoja de papel y no me avergüenza decir que yo también he sentido lo que siente Casandra, yo también he tenido el corazón dividido entre lo convencional y lo conveniente, y lo aventurero y lo aventurado. Es un gusto formar parte de esta tribulación, desde la barrera, si es que la hay».

Casandra descuelga el teléfono interno y le comunica al director del taller de fabricación que han recibido un nuevo encargo.

—¿Otro de Histeria & Obseso?

—Lo sé, Pere.

Pere de Baldrich chasquea la lengua, mira al suelo, rebufa. Solo le faltaba esto.

—¿Para cuándo?

—Para la feria de Besalú.

Casandra cuelga y piensa en Anna Karénina, Madame Bovary, la Luisa de *El primo Basilio*. En Lilith, en Medea, en Carmen. Escribe unos correos protocolarios, revisa algunas pruebas y el sol sigue cayendo tan lentamente, allí en la cristalera, a donde quizá todavía esté mirando Jonathan Carlos, el de cabellos negros. El recuerdo de Danila le eriza el vello de los brazos a través de una pulsera dorada, regalo de Javier cuando fue a Estambul, y le parece tener las manos huecas por dentro, como si fueran de cristal soplado, o peor, como si fueran las manos de una muñeca de porcelana.

El papel que apila Jerónimo en el almacén es una cartulina gráfica de 300 gramos y es el que conforma la portada de este libro. Tóquelo la lectora, disfrútelo. Según Olopte Cardús (el técnico de encuadernación, historiador aficionado y mentor de los otros dos jóvenes técnicos en su primer día de prácticas), es un papel de muy buena calidad, a pesar de que algunos se quejen de la facilidad con la que se mancha, algo que es cierto, y quizá la lectora pueda comprobarlo durante algún momento de esta lectura, al cogerlo con las manos sucias o al dejarlo, inadvertidamente, sobre una gota de aceite o los restos de ceniza de un cigarrillo. Su repercusión en el precio final del libro es de 0,66 euros. J. Vilaseca S. A. fabrica papel desde 1714, sigue Olopte, lo cual la convierte en la papelera más antigua de España. Es un papel con fondo, con pasado, con la *épaisseur* de la que habla el poeta Francis Ponge. Un cirujano de Manresa bien conectado, Gaspar Vilaseca, se instaló en el pueblo de Capellades y adquirió el molino papelero Cal Mata. ¿Qué es un molino papelero? Una construcción admirable, una fábrica-vivienda con sótano, donde estaban las ruedas hidráulicas y las trituradoras de papel, una planta baja y un primer piso de masía tradicional, y un tercer y cuarto piso con ventanales para secar el papel, diáfanos, luminosos. Entre aprendices y propietarios, podían llegar a ser treinta personas. Una de ellas es Eulàlia, y Eulàlia se adueña de la voz de Olopte, y dice:

> Lo paper se feia ab draps vells que fermentaven durant setmanes en lo *pudridero*: l'aulor de lo soterrani

era una fuetada de cal déu que te tirava a terra, però ens hi acostumàvem perquè la feina mana. Després s'havia de massar la pasta per dues jornades si lo senyor lo volia ben fi, i com lo senyor era ben fi i la senyora encara més ben fina (botiflers, llardosos botiflers), los massadors colpejaven dia i nit, i los xiquets no podien ni dormir. Jo hi vaig entrar ab nou anys lo dia de Santa Creu de setembre i ja en tenia per ser mare que lo mestre paperer em pagava les mateixes nou lliures l'any, com si fos aprenent, i tot perquè sóc minyona i les minyones no comptem per res. Esquinçava draps tot lo dia o estenia fulls en lo secador. ¡Quatre mil i cinc cents fulls la jornada!, cridava lo mestre Cristòfor, i si en arrivar la nit hi havia un de menys ens quedàvem sense sopar. Puta vida.*

* «El papel se hacía con trapos viejos y hediondos que fermentaban durante semanas en el *pudridero*: el olor del sótano era un latigazo en la cara que te tiraba al suelo, pero nos acostumbrábamos porque el trabajo manda y el recuerdo de la guerra todavía nos daba hambre. Después se tenía que mazar la pasta durante dos jornadas si el señor lo quería bien fino, y como el señor era bien fino y la señora todavía más (*botiflers*, asquerosos *botiflers* que apoyaron a las tropas del furcio francés), los mazadores golpeaban día y noche, y los niños no podían ni dormir, se volvían locos, se escapaban corriendo o se callaban durante días, pasmados. Yo entré con nueve años el día de la Santa Cruz de septiembre, y tenía edad de ser madre que aún el maestro papelero me pagaba las mismas nueve libras al año, como si fuera aprendiz, y todo porque soy una muchacha y las muchachas no cuentan para nada, excepto para cuando tenía la mano larga y la falda le estorbaba,

Los Vilaseca compraron otro molino, y otro, y otro. Les fue bien, pasaron los años. Después de la guerra civil, la familia Torredesantos adquirió la empresa. Todavía son ellos quienes la llevan. En 2014 (lamento no contar con datos más actualizados, se disculpa Olopte con sus características eles velarizadas), facturan 51 millones de euros, producen 60.000 toneladas de papel, poca broma. Exportan mucho: papeles para visados en Catar, Irán o Yemen; cheques para Paquistán; papel para la Casa de la Moneda de Filipinas. Y también hacen esta cartulina gráfica de 300 gramos, y Olopte golpetea, exactamente, la resma de papel de la que sale la portada de este libro, exactamente este, que la lectora tiene entre las manos. Fijaos bien en la suavidad —dice—, en la blancura y tersura, en la flexibilidad; una impresión a dos colores, blanco y negro, como las películas de antes. ¿Ves cómo sale de la encuadernadora? le dice

---

o cuando la tenía muy corta y no paraba de decirme: "María, tráeme esto de aquí, o esto de acullá, lleva para allí o llama a no sé quién", o cuando la tenía agarrada y decía "Ni una libra más, qué te empatollas". Desgarraba trapos todo el día hasta que se me saltaba la piel de las manos o extendía las hojas en el secador cuando el sol caía a matar. ¡Cuatro mil quinientas hojas cada jornada!, gritaba el fétido maestro Cristóforo, y, si al llegar la noche había una menos, una sola menos, nos quedábamos sin cenar, escuchando a los mazadores dale que te pego, el estómago rugiendo, la boca cerrada. Puta vida.» Más tarde hablaremos del traductor, y de todo esto.

al más joven de los técnicos, Martín Loeches, ¿te das cuenta de la calidad del título? Habéis hecho suerte entrando en esta imprenta, aquí no vamos a destajo, respetamos el libro, lo mimamos, no digo que seamos el viejo Gutenberg, ni el Nicholas Louis Robert, ni el Mergenthaler, pero dentro de nuestras posibilidades, dentro de lo que se puede, hacemos libros hermosos y bien ligados, o encolados, para que perduren, si es que merecen la pena y si es que algo perdura en esta vida. Fíjate en la tinta, rasca, rasca, rasca con fuerza, chaval, que así no le haces cosquillas ni a un periquito, ¿ves? ¿Te das cuenta? Nada, ¿verdad? Eso es, impresión de calidad, aquí no hacemos fotocopias. Y, ahora, cómbala para que veáis la resistencia, cómbala, sí, pero con cuidado, Sansón, es solo para que notes la resistencia, ¿ves? ¿Ves cómo vuelve a su forma? Ni una arruga, un papel consistente y elástico. Y ahora ponlo ahí, hacia la luz: esta es la transparencia de un papel de 300 gramos, ¿os lo enseñan esto en la escuela? ¡Yo incluso pruebo el papel! Mirad, dadle un lengüetazo, pero sin babearlo, solo humedecedlo un poco… ¿Qué? Y Olopte alza el rostro al cielo como si le acabaran de partir en las narices un cochinillo al horno con platos de porcelana. Martín Loeches y el otro técnico, al que llaman Castillo o Del Castillo, lo miran con curiosidad: la boina marrón, las gafas metálicas, la camisa a cuadros de tela basta, los zapatos de hipermercado: Olopte Cardús parece un sindicalista de los años setenta. Se ocupa de la encuadernación, la parte central de intestino gris del taller de fabricación, y se siente como un sastre que viste a sus clientes según convenga, que les da abrigo, pórtico, rostro, promesa y despedida. Cierra la puerta por delante y por detrás (también se siente portero, y, por qué no, portador) para que las páginas no se escapen y para que la lectora empiece a leer, precisamente, donde empieza el libro, y para que no lo termine antes, pensando que no sigue, ni después, cuando ya todo ha ocurrido. También es un artista de la alta costura que cose el hilo conductor a través de las páginas, que las une en fajos y en pliegos (unificador, por tanto, o unionista), y también autor de los lomos, esas fotos egipcias de los libros, siempre de perfil, bovinas o equinas (porcinas: ya llegaremos a ello). Divide el espíritu humano en cuatro planos: portada, contraportada, solapa y contrasolapa. Y así se lo explica a Martín Loeches y a Castillo o Del Castillo: la portada es la sonrisa; la contraportada, la promesa; la solapa, el paisaje; y la contrasolapa, el adiós.

Aparece entonces Pere de Baldrich, con su habitual expresión sombría y taciturna exacerbada por el encargo que acaba de recibir de Casandra Ballesta, para interrumpir la perorata de Olopte a sus dos subordinados. Pere de Baldrich es el resultado de la obediencia y el orden, el sueño de los profesores mediocres, el ciudadano modélico que cumple tenazmente con lo que se espera de él: buen estudiante, buen trabajador, buen padre. Todo lo hace bien, y este es, en gran medida, el problema. Hijo de una familia del Eixample barcelonés, absorbió el urbanismo lógico de su barrio y aplicó la cuadrícula a todos los aspectos de su vida, con bastante éxito, por cierto, cuando el éxito consiste en no resaltar y evitar a toda costa el ridículo. En el plan de producción que ocupa completamente sus dos lóbulos prefrontales, Pere de Baldrich ha ingeniado un encaje temporal para imprimir *Las ciento cuarenta y cuatro páginas de este libro*, y necesita asegurarse de que Olopte Cardús comprenda en qué fechas y cómo debe hacerse. No pueden permitirse un fallo porque el plazo es corto y está el mes de agosto de por medio. Y siendo como él es, el hombre metódico por excelencia, el único hombre exacto, no puede dejar de ver carencias y defectos en los demás, y Olopte —tan dicharachero y alegre, tan bien dispuesto, tan erudito— es olvidadizo, no tiene una obsesión por el detalle, es innegable, fíjese si no la lectora en las placas que se ha dejado sin afeitar en la mejilla derecha. En la disputa por los defectos de las dos tiradas de Hiperventilado & Ofendidito que debieron rehacerse, Pere de Baldrich siempre estuvo del lado del editor. Pensaba que no existen los «defectos menores», como expresó Olopte. No, el padre del Pere, Joan de Baldrich, le había repetido durante toda su infancia: «Les coses només es fan de dues maneres: o bé, o bé».

No existe el bastante, el casi, el prácticamente. Esto es lo que quiere dejarle claro a Olopte Cardús, y Olopte Cardús asiente cogiéndose las manos a la altura del esternón, le pide un momento para verificar el plan de producción, unas hojas con rectángulos coloreados, rojo, verde, amarillo, se rasca justo por encima de la nuca, la boina desciende un par de milímetros entre las arrugas de su frente, y Martín Loeches y Castillo o Del Castillo lo miran de nuevo con curiosidad, divertidos, porque siempre es reconfortante ver a un superior en apuros, y es en ese momento cuando el rostro de Olopte Cardús se contrae, si no de dolor, porque es un cliché, escribiré, para acentuar la contracción, que se contrae de contrariedad, y dice:

—Ah… ¿Son los de la faja?

—Sí, la maldita faja vertical aquella… Pero, tranquilo, este es de una nueva colección, NMK, *numerika.* Van sin faja, pero con una numeración de página grotescamente grande y ochentera.

Pere de Baldrich se mete en un cuartito adyacente al taller donde tiene extendido el plan de producción sobre una mesa. Es su despacho, el lugar donde se toma su té verde a media mañana mientras consulta, comprueba y constata que se cumplen los plazos de las entregas. El botón del cuello de la camisa le presiona justo por debajo de la nuez y con un rotulador rojo marca qué impresiones deben finalizarse aquel día o los próximos. Una cruz, o un guion, o un círculo. Hace veintisiete años, cuando entró en la imprenta como aprendiz, el señor Ballesta era una figura imponente, como un Orson Welles, y Casandra una niña que apenas contaba seis años y correteaba entre las cajas del almacén. Había acabado sus estudios en la Escuela de Oficios, era un joven serio y competente, meticuloso, tímido, aún no había conocido a quien a la postre sería su mujer, Magdalena, que le dio una seguridad de la que carecía en las interacciones personales. El señor Ballesta, que era un trabajador incansable, supervisaba toda la producción, desde el contacto con los clientes hasta la entrega, que remachaba con un exceso de cinta adhesiva en las cajas. Era, además, y quizá esto le jugaba en contra aunque en aquella época no lo percibiera, un buen amigo de su padre, Joan de Baldrich, y el primer día que entró a trabajar en Arteos, cuando Arteos no se llamaba Arteos sino Impresiones Ballesta y no estaba en una nave del Hospitalet sino en un local del barrio de Sant Antoni, el señor Ballesta le puso la mano en su hombro enclenque y le dijo: «Cada vez que te sientas inclinado a criticar a alguien, ten en cuenta que no todo el mundo ha tenido tus ventajas…».

Enseguida comprendió que aquellas palabras significaban mucho más, porque el señor Ballesta, como su padre, no era un hombre comunicativo, de forma que debía leerse entre líneas para comprender que esperaba de él un sentimiento de culpa perseverante y ni una sola queja. En esto, como en todo lo demás, Pere de Baldrich cumplió.

Ahora le está dando vueltas al grave problema de la producción material de *Las ciento cuarenta y cuatro páginas de este libro*, un lápiz sobre la oreja, la mano masajeando la incipiente calva, mientras el traqueteo del taller de fabricación, como si fuera el estruendo continuo de un río, acompaña sus cálculos, previsiones, alarmas y más que posibles percances. El calor, ahí fuera, es sofocante. Hay dos entregas para la semana que viene, un libro que ya han reimpreso varias veces sobre el secreto de la felicidad, y otro sobre las bondades de la vitamina D y la importancia de tomar el sol. Junto al programa, pegada en un corcho con una chincheta, está la postal de cala Macarella en Menorca que le envió su hermano el año pasado, con las aguas turquesas, las rocas blancas y los pinos abalanzándose sobre el mar, y por un momento deja de pensar en la imprenta, en Olopte Cardús (qué torpe que es, por Dios), en Casandra Ballesta, y recuerda los veranos de la infancia que pasó en el velero de su padre, Joan de Baldrich, cuando todo lo que tenía que hacer era zambullirse en el agua y pescar cangrejos. Siempre creyó que aquellas escenas volverían a reproducirse, pero esta vez con los papeles cambiados, y él sería el padre, y tendría un hijo, y le enseñaría a nadar y a darle la vuelta a los pulpos, pero ya hacía cinco años que Magdalena, después de muchos intentos, miles de euros y una depresión, había decidido que aquel sueño debía guardarse en un cajón, y ahora Pere de Baldrich lo miraba de lejos en aquella postal y en la vida de su hermano a quien todo, gracias a Dios, siempre le iba de maravilla.

Un golpeteo en la puerta interrumpe estas lamentaciones a las que es tan proclive.

—¿Tienes un segundo?

A pesar de todo el tiempo que ha pasado, Pere de Baldrich no se acostumbra a que el señor Ballesta haya desaparecido (o, como decía Telémaco de su padre, el astuto Odiseo: «ha perdido la luz del regreso») y que en su lugar esté Casandra, la bella Casandra, que despierta en él más agravios y razones para su desgracia, y un amor católico, puro y paterno. En memoria de su padre y del señor Ballesta, para él ha sido un honor ser la sombra tutelar y el ángel de la guarda de los primeros años de Casandra al frente de la imprenta. Pero muy poco se imagina lo que viene a pedirle justamente hoy.

## Fin del principio

Hasta aquí el principio de la novela. Soy un gran lector de principios y primeros capítulos, pero me empacho con facilidad; así que, si la lectora quiere cambiar de novela, este es un buen momento. Ya volverá más tarde, pierda cuidado.

Es la lectora de principios una lectora de posibilidades, una lectora con futuro; a esta me dirijo. A la otra, a la lectora de desenlaces y conclusiones, ya la descarté preventivamente al revelar el final del libro desde el inicio, para desprenderme de esa manía tan calvinista que consiste en acabar las cosas, de modo que ya no se la verá por aquí, impaciente, contando las páginas que quedan, ni diciendo «se veía venir», o «esto no tiene ni pies ni cabeza».

Pero debo exhortar a la lectora de principios a que siga leyendo, sí. Decirle, por ejemplo, que todavía no ha aparecido el muerto de la novela, a pesar de los muchos anuncios en redes, con lo cual quizá nos veamos obligados a tomar prestado un muerto de otra novela; que el libro, a estas alturas, ni siquiera ha empezado a fabricarse, todavía no hemos entrado, propiamente, *en materia*; que las vidas de Adrianamantena, Tutmose, Svensson, Jonathan Carlos, Casandra... siguen y acaecen inexorablemente, y todavía ocultan muchas sorpresas; y que faltan muchos otros por aparecer, como el librero, la crítica literaria, la agente, el ilustrador y la lectora que compra el libro de segunda mano, muchos años después; y también las persecuciones, algunos personajes por cuotas de los que no he podido prescindir y las famosas escenas de sexo oriental, que ya están dando mucho que hablar.

# Avance de la segunda parte

## Un diálogo con el autor

*El traductor*

—Vengo a ver cómo me presentan.

— ¿Y usted es…?

—… el traductor.

—Me tiene contento. ¿Sufre algún problema mandibular que le impida cerrar la boca?

—Es que el mundo editorial nos invisibiliza, nos oprime. Soy situacionista.

—Ya empezamos… En fin. Había pensado en una escena tranquila, frente a la pantalla, con un café y música de fondo.

—En tal caso, me parece obligado que solo enfoque mi perfil derecho, que el izquierdo lo tengo flojo. Pero ¿me presentará así, tal cual, de sopetón? ¿No sería mejor mencionarme de pasada, como quien no quiere la cosa, y luego entrar en materia?

—¿En una nota al pie?

—No, por favor. En una nota al pie solo aparecen personajes académicos, o aquellos tan secundarios que el autor no ha tenido más remedio que incluir fuera de la página.

—Es una forma sutil de hacerlo, un primer paso (ya que hablábamos de pie), no se moleste. Si quiere, luego, podría abrir un capítulo con usted, con alguna reflexión interesante, algo que la lectora pueda repetir en una conversación distinguida para darse caché. ¿Qué le parece?

—No me gustaría ser anecdótico, meramente, en conversaciones de cafetería. Cierto que soy secundario, no crea que me endioso, pero de algunos papeles secundarios —y estoy pensando en Yago, en Levin, en Sancho, en el tío Toby— se puede sacar mucha miga. Todo consiste en los detalles. Estaba leyendo hace poco algo que quizá encaje. Es de un autor argentino.

—¿No será Cortázar?

—No.

—¿Borges?

—No.

—Entonces… vale. ¿De quién se trata?

—Macedonio Fernández.

—¿El guitarrero?

—El mismo.

—¿El amigo de Witold Gombrowicz?

—Ese.

—¿El que escribió *Museo de la Novela de la Eterna y la Niña de Dolor, la Dulce-Persona, De-Un-Amor que no fue sabido*, la novela con 144 prólogos?

—Usted lo ha dicho.

—¡Con lo que admiramos a Macedonio en esta novela! Pues claro, diga, diga: ¿qué decía?

—Que el único objetivo del arte es dar un bocado de inexistencia a la lectora: que sepa que es tan inexistente como los que aquí estamos, que ese no-ser es todo lo que será, y que, más que la enunciación, lo que importa es la anunciación (ya sabe que a Macedonio se le daba muy bien prometer, que prometió con éxito cuando fue candidato a la presidencia de la Argentina, y que los electores tuvieron la elegancia de ahorrarle el cumplimiento, pero este es otro tema).

—¿Y usted cree que el anuncio de su inexistencia será del agrado de la lectora? ¿Cree que irá pregonándolo a los cuatro aires acondicionados de una cafetería de barrio? No, no señor. La inexistencia es un asunto personal, a nadie le gusta que le vengan a decir que no es, a bocajarro e imprevistamente, por muy novela materialista que sea la que está leyendo, y porque la verdad por delante, la virtud, la integridad, etc.

—Ah, bueno, es que yo pensaba que esta novela se basaba en hechos reales.

—Sí, claro. Pero hechos reales de novela, faltaría más.

—¿No será una novela de no ficción?

—No, es precisamente lo contrario. Lo dejé explicado muy elegantemente en algún lugar, pero ahora no recuerdo cómo iba. ¿Sabe montar a caballo?

—Podría aprender. ¿Qué le ronda?

—Algo tipo wéstern.

—Me gusta.

—Déjeme pensar.

## Prólogo a la segunda parte

*Que no me salten al cuello por poner un prólogo* in media res, *pero es que va a ser necesario introducir algunos cambios, retrospectivamente. Ya sabe la lectora que en esta novela el autor no esconde nada, que pone todas las cartas sobre la mesa, o, lo que es lo mismo, que no oculta el proceso de producción. El pasado sábado los editores me citaron en sus oficinas de Barcelona para decirme de viva voz qué les parecían los progresos de la novela. Además del cansino «esto no es lo que habíamos pactado», mostraron preocupación sobre a dónde se dirigía el libro. Me dijeron que sería necesario eliminar toda la parte de los amores de Danila, Jonathan Carlos y Casandra (así que insto a la lectora a que en una nueva lectura prescinda de las páginas 47 y 48, o que las arranque por la línea de puntos y las utilice para hacer aviones de papel, instrucciones en la sección «Aviones de Novela»). Que todo aquello carecía de interés. Inquirieron sobre la trama y no supe qué decirles. Insistieron lo suficiente, mientras me reservían copiosos vasos de vino, y al final apunté a que sería una novela negra. Les aplacó un momento. Parecieron tomarme más en serio, así que aproveché la ocasión y añadí: «Sí, es una novela negra, tan negra, que al final quien muere es la lectora». No les pareció mal la idea (aunque no era mía, sino de Vila-Matas), siempre y cuando el libro se pagara por adelantado. Observaron que si, por lo tanto, había un asesino, habría que introducirlo en la primera parte. «Eso —respondí— es imposible: el número de páginas cuadradas por personaje está por los suelos. No hay espacio. Ya recibo muchas quejas precisamente por esto, ustedes no saben qué es aguantar la vanidad de los personajes que etc.» Acordamos presentarlo indirectamente, con una noticia de diario que leería Jerónimo mientras hablaba con Jonathan Carlos (la lectora puede recortarla por la línea de puntos y colocarla en su antelugar correspondiente, en la página 42):*

Jerónimo leyó en voz alta la noticia del diario:

—Poco después de las once y media de la mañana, la secretaria encontró al director del Institut de les Lletres Catalanes postrado sobre la mesa y sin signos de vida. (…) En una de sus manos, un bocadillo a medio comer que, según las primeras informaciones, sería el causante de la muerte. (…) El mundo literario está sin palabras. La directora del Instituto Cervantes ha reiterado su confianza en las fuerzas policiales.

El inspector Vásquez, cada vez más cuestionado, ha tomado la palabra en la rueda de prensa para pedir la ayuda de los ciudadanos. Cualquier información, etc.

—Qué movida, ¿no? —dijo Jonathan Carlos.

*Sobre la mesa tenían un libro de Adelbert von Chamisso. «¿Cómo se llama el asesino?», me preguntaron.*

## La tinta

### I

La increíble habilidad con la que Von Chamisso reconoce a una distancia exagerada —al menos 15 metros— la tinta de cualquier libro con solo que alguien lo hojee brevemente se basa en un olfato finísimo. La nariz de Von Chamisso fue célebre en los años ochenta cuando salió por televisión tomando la temperatura a cualquier cosa: un bizcocho, una sopa, incluso le propusieron un sobaco (de niño), pero se negó. Metía la nariz y decía: «¡37,9 grados Celsius!». Durante una semana no se habló de otra cosa. Luego Von Chamisso fue olvidado, estudió química, cumple los horarios a rajatabla y no le pide más a la vida en este aspecto. Es del otro aspecto del que voy a hablar.

Criaturas con la sensibilidad extrema de Von Chamisso suelen malograrse por el caos que les rodea, a menos que encuentren un lugar en el que refugiarse. Von Chamisso fijó la cerca de su jardín perfumado alrededor de la tinta: recibos, tiques de supermercado, cartas, diarios, carteles, paquetes de cereales, latas de atún y mejillones y calamares, mapas del metro, pasta de dientes y jarabes para la tos, multas, etiquetas de vinos, de calzoncillos de fabricación china, tarjetas de embarque, billetes de 500 euros; y sobre todo libros, cuya variedad y mezcla de tintas, junto con la maceración del tiempo, les daba el estatus de *delicatessen*.

Von Chamisso es un sumiller de la tinta: cuando entra en una biblioteca o una librería le inundan sensaciones que son inapreciables para las pituitarias comunes: barnices base solvente, barnices base agua o laca acrílica (cítricos), barnices base aceite, barnices UV, barnices UV con pigmentos metálicos (picantes), barnices olorosos, e incluso barnices braille (tan dulces). Con solo una aspiración, Von Chamisso deja de estar en la biblioteca o en la librería, deja la ciudad y el país y viaja por una geografía aromática tan rica en matices que a veces se extravía. Y cuando ya tiene en su mente una imagen cristalina del barniz, con todas sus rugosidades, entonces comienza lo que llama el matiz profundo: los pigmentos.

Esta debilidad por la tinta es también una pasión por el negro y la noche, y su figura misma parece consistir únicamente en contorno, perfil deformado por la luz: es así como deambula en esta novela, como una sombra que vemos de lejos, en un callejón, idéntica e indefinida; o ni siquiera eso: solo la oímos, oímos su taconeo inquietante, acechándonos como un cazador paciente y, a la vez, escapando, escapando siempre.

Llega por fin al laboratorio, una sala con armarios blancos empotrados y una gran barra de mármol en el centro con cajones grises, rollos de distintos tipos de papel desperdigados, botes con resina y pigmentos. El ventanal da a la fábrica donde está la estructura de tolvas, los molinos tricilíndricos de molturación y la mezcladora. Y, más allá, se ve el almacén: una construcción metálica repleta de cajas perfectamente clasificadas, la carretilla aparcada, incluso, junto a la puerta, la bata colgada de Frederic Balcells, capataz.

Es pronto, no hay nadie en el laboratorio, y así tiene que ser, así lo ha planeado. Hay una razón por la que Von Chamisso se está poniendo las gafas protectoras a las 06:38 de la mañana. Va a crear una tinta de producción limitadísima, una tinta de autor. En la pantalla táctil del ordenador pulsa Báscula 1, luego Editor de Fórmulas, luego Impresión Offset Modelo 3, lo que en lenguaje lego significa la tinta habitual para los envoltorios comerciales y la prensa. Pero en esta ocasión la hace incolora. Las máquinas se ponen en funcionamiento con un sonido de nevera cavernosa y esta agitación de los pigmentos y resina es para Von Chamisso como el olor del pan en el horno. Cuando la masa viscosa cae en la tolva inferior, Von Chamisso, con la precaución de unos guantes de látex y una máscara antigás de tipo Chernóbil, vierte el contenido de una bolsita que había llenado meticulosamente con un producto de una delicadeza extrema. Pasa la mezcla a los molinos tricilíndricos para que el pigmento no supere las cinco micras de grosor y luego lo vierte en la mezcladora. Con el olfato que tiene, Von Chamisso no necesitaría comprobar la tinta en el viscosímetro, o en el Tack Tester (que mide la adherencia: recuerde la lectora que este libro también aspira a ser pedagógico, aunque sea a la manera de Herodes, y que la descripción de todos estos procesos materialistas se ciñe a la observación precisa y de primera mano que el autor ha tenido de los acontecimientos que relata), pero a veces el hábito puede más que él, así que hace todas las pruebas y obtiene un resultado excelente. Con sumo cuidado, guarda la mezcla resultante en un recipiente de plástico de cinco litros y vuelve al laboratorio.

Su olfato finísimo le permite discernir la forma de las letras impresas. Con solo respirarla, puede leer una de las páginas abiertas del catálogo que hay sobre su escritorio:

> En Brigal investigamos, diseñamos y fabricamos todos los productos necesarios para el proceso de impresión

> *offset*: tintas de impresión, barnices, aditivos y productos químicos en una extensa variedad de gamas. Con este fin, nuestro departamento de I+D está continuamente investigando para perfeccionar los productos existentes y crear otros nuevos que contribuyan a mejorar los procesos de impresión de nuestros clientes. Contamos con unas modernas instalaciones en las que continuamos invirtiendo para mejorar la capacidad productiva y la eficacia y la eficiencia de nuestros procesos de investigación, producción, control de calidad y logística.

En las paredes, huele una resina alquídica sobre cartulinas coloreadas: Innovación, Liderazgo, Excelencia, Integridad. El nuevo director, un joven llamado Comillas y licenciado en Esade, se ha empeñado en hablar de valores y principios, de propósitos, misiones, compromiso y filosofía. Está convencido de que estas palabras acabarán aportando algo. Decir, por ejemplo, «departamento de I+D» cuando no se trataba más que de un laboratorio. A Von Chamisso todo eso le suena a cháchara jipi. Brigal ha sido absorbido por un gran conglomerado japonés y Comillas tiene el encargo de *dinamizar* la empresa, lo cual significa que va a despedir a unos cuantos trabajadores.

Tiene sobre la mesa un encargo de la empresa Arteos, una tinta no muy común para una tirada de

750 ejemplares, es decir, unos 5,2 litros. Esta será la primera mezcla de la mañana, pero antes tomará café y abrirá un libro de Álvaro de Campos y leerá: «No soy nada. Nunca seré nada. No puedo querer ser nada. Aparte de eso, tengo en mí todos los sueños del mundo». A Von Chamisso le parece que es la mismísima voz de la tinta la que habla en estas palabras, pues tampoco ella es nada, pero da contorno a todos los sueños entre sábanas de papel infinitas. Para componer los 75 mililitros de tinta de este libro va a necesitar exactamente 18,75 mililitros de resina, 16,8 gramos de pigmento y 45 mililitros de aditivos. En el panel de control pulsa Menú Principal, y luego Cuadro sinóptico, y luego Fórmula 323b, que adscribe a la Báscula 1. Casi en el mismo momento en que las tolvas comienzan a murmurar como una vaca que rumia, Francesc Balcells, el capataz, abre la puerta metálica del almacén, exactamente a las 08:27 de la mañana. Es un hombre voluminoso, calvo desde hace años, con un bigote que empieza a encanecer, unas gafas metálicas que corrigen su miopía y unas manos toscas, de marinero. Se pone la bata azul en la que cuelga un bolígrafo del bolsillo superior, y, justo después de encenderse un cigarro, grita:

—¡Viva el paro!

Balcells es sindicalista de Comisiones Obreras desde los años ochenta y no ha dejado de referirse al director como patrón y a los trabajadores como obreros. Como lector de boquilla de *El capital*, tiene en su almacén cerebral dos o tres frases hechas sobre la lucha de clases y la plusvalía, lo cual ha sido suficiente para hacerse pasar por marxista durante casi cuarenta años, aunque la verdad, y él la sabe mejor que nadie, es que siempre ha carecido de iniciativa o ambición y detesta trabajar. Mientras Brigal fue una empresa prácticamente familiar (es decir, los últimos treinta años), Balcells pasó de mozo de almacén a carretillero, y luego a ayudante de capataz y, desde hace una década, a capataz con cada vez menos trabajadores a su cargo, porque la automatización se los ha quitado de en medio. No es un ingenuo, ni un ludita (para ello debería conservar un poco de la fuerza revolucionaria que, aunque fuera débilmente, tuvo en su juventud), y sabe muy bien cómo son los modernos almacenes de Amazon porque los ha visto por la tele: están llenos de innumerables robots naranjas que cargan, transportan y descargan paquetes de forma tan armoniosa y terrorífica (al menos a él se lo parece) como las bailarinas de *El lago de los cisnes*. No alberga esperanzas sobre la nueva dirección japonesa, ni sobre la retórica *coach* de Comillas, a quien considera una personificación de los enemigos de la causa, y solo aspira a una prejubilación digna porque con cincuenta y siete años la espalda le está matando (pero ni siquiera hoy, cuando después de ponerse la bata agarra una caja del suelo doblando de mala manera la columna, atiende a las recomendaciones que le dio hace unos meses aquella técnica tan guapa del ayuntamiento, Amalia, para prevenir lesiones laborales).

—¿Qué tenemos? —pregunta a Von Chamisso.

—De momento un pedido estándar para Arteos, cinco litros. Los de Spain-Tir pasarán a eso de las doce.

En ciertos momentos, como cuando está frente a Balcells, Von Chamisso preferiría no tener nariz. Contar con una descripción tan clara de los hábitos y la higiene de una persona no siempre es agradable, y, aunque está acostumbrado a todos los tipos y grados de olores corporales (al fin y al cabo, vive en Barcelona), no puede evitar tensar el rostro por lo mucho que le ofenden los aromas del sindicalista.

[«¡Ah, ya empezamos!, me dice Jonathan Carlos en una nota. ¡El sindicalista huele mal! Y además no has podido evitar hacerlo sindicalista de postín, un vago, un aprovechado... Se te empiezan a ver las costuras en esta trama que urdes. Pero ¿no era esta una novela materialista? ¿El trabajador no debería ser el héroe?» Por supuesto que no, querido Jonathan Carlos. Por supuesto que no. En esta novela no hay héroe propiamente dicho. Es como cuando hacen una novela de Barcelona y el crítico, después de sus observaciones habituales, acaba con el no menos habitual «... pero la verdadera protagonista de esta novela es la ciudad, Barcelona». Pues lo mismo. El verdadero protagonista de este libro es el libro. Y respecto a que el sindicalista sea un vago o un aprovechado, o huela mal, me baso en que no es el sindicalista, sino Francesc Balcells el que es un vago o un aprovechado, o huele mal. No hay que tomar la parte por el todo ni el todo por la parte, ni suponer que en cada palabra o descripción hay una intención oculta, subrepticia, con la que el autor trata de influir políticamente en la lectora o en sus personajes. Ayer oí algo muy acertado del escritor afroamericano James Baldwin, que venía a decir algo más o menos así: «La cuestión de los negros es algo que deben resolver los blancos. Yo no soy un negro. Yo soy un hombre. Son los blancos quienes tienen que preguntarse por qué creen que yo soy un negro». Lo mismo ocurre con Balcells: Balcells no es un sindicalista, es un hombre. Mientras se crea que el sindicalista está por encima del hombre, querido Jonathan Carlos, me temo que no nos vamos a entender.]

Lo que ocurre en este preciso momento, y que el autor se cuida mucho de ocultar a la lectora, tendrá más adelante una significación precisa y material que, como llevo prometiendo durante toda la novela, se podrá tocar con las manos, e incluso olerse, aunque se carezca de las cualidades de Von Chamisso. Digamos que hay una confusión con las cubetas de la tinta de este libro, lo que tenía que estar aquí está allí y viceversa. Sospeche la lectora que es un momento clave aunque ahora mismo no vea de qué o, al contrario, lo vea venir demasiado bien.

Y para no entretenernos más (es desazonador ver a Balcells con los brazos cruzados), doy paso a la llegada del camión de Spain-Tir, en el que la lectora no podrá dejar de reconocer a Jonathan Carlos, el de cabellos negros, sonriendo tras el parabrisas mientras suena «Master of Puppets» de Metallica.

—¿Qué es esto de que os están dinamizando?

Von Chamisso congenia con Jonathan Carlos. Le parece un joven entusiasta, que infunde vida, y que a la vez sabe mantener un misterio mundano, alcanzable.

—Si oyeras hablar a Comillas, lo entenderías enseguida —dice Von Chamisso—. Es un cocainómano de los malos, que debería cambiarse de ropa interior más a menudo y que en no mucho tiempo tendrá una úlcera. Y eso que apenas cumplió treinta y tres hace unos meses.

Comillas, como hemos dicho, es el nuevo director de Laboratorios Brigal. Lo primero que ordenó fue una auditoría que justificara un recorte de personal. Luego organizó una actividad *off site* para mejorar la confianza y la unión del equipo (todavía no sabían a quién iba a despedir). Fueron a una finca del Priorat donde los empleados se vieron obligados participar en actividades físicas que Von Chamisso consideró peligrosas (tirolinas, puentes colgantes, *paint-ball*) y que, a efectos de esta novela, fueron simplemente inanes. Y, por último, en el brindis antes del *disc-jockey*, dio un discurso como el que sigue:

—Nada es imposible si nos lo proponemos. Si pensamos en un objetivo, si lo deseamos fervientemente, si incorporamos la fe en que podemos conseguirlo, el objetivo *ya* es nuestro. Todo consiste en este *ya*, compañeros. Para conseguir el objetivo debemos pensar como si *ya* lo hubiéramos alcanzado. La vibración de nuestros pensamientos provoca un campo magnético que atrae a su equivalente físico. Sé que muchos de vosotros todavía no creéis en ello, pero es así.

No era un hombre acostumbrado a beber vino, y había bebido bastante.

—Para muchos de vosotros no soy más que otro director. Pero quiero dejar claras dos cosas: yo no soy otro director, sino que soy *vuestro* director. Y, segundo, más que vuestro director quiero ser vuestro compañero. No creo en las jerarquías. Creo en la solidaridad, en la confianza, en la responsabilidad. En este barco estamos todos juntos.

Todos aplaudieron y empezó a sonar a todo volumen «No rompas más mi pobre corazón».

Pero, como preveía la auditoría, pronto empezaron a echar a gente por la borda, por seguir con la metáfora del barco. Carla Grimau, ingeniera química, fue la primera. Frederic Balcells, capataz, el segundo (todavía no lo sabe, el pobre). Esto preocupa a Von Chamisso porque Carla y Frederic habían sido sus compañeros de equipo en la competición de *paint-ball*. Los habían apalizado tres veces seguidas, aunque lo más humillante para Von Chamisso fue la ínfima calidad de aquella pintura repugnante que persistió en sus fosas nasales durante dos días.

Jonathan Carlos mantiene su sonrisa característica, entre la bondad y la irreverencia.

—Pues habrá que ser comprensivos, ¿no?

Pero Von Chamisso se está cansando de ser comprensivo. Los pensamientos inevitables sobre su futuro patrimonial son un indicio claro de desaliento y conformismo. Aquella soledad tan apacible y acogedora en la que vivía empezaba a darle ansiedad y las rutinas ya no le servían de apoyo. Necesita detenerse a pensar, necesita un cambio, necesita algo que…

¡ALTO, POLICÍA!

## Un diálogo con el autor

*El inspector*

—¡Manos arriba, ni una palabra más se escriba! Pero ¿cuándo piensa presentarme? ¡Que soy el inspector, *caralho*! Márkaris, Montalbán o Camilleri siempre introducen al detective, y muy elegantemente, en las primeras páginas, y no en la mitad del libro, cuando ya han pasado un montón de cosas, y hay indicios, pistas, incluso pruebas de tipo biológico que seguramente ya serán inservibles.

—No le quito razón, no, inspector Vásquez. Justo hace un momento el traductor me venía con lo mismo, pero usted habrá visto cómo han ido las cosas...

—Ya me dirá cómo voy a verlo si se ha dignado a mencionarme apenas hace setenta y nueve líneas, que las he contado. Que si me sulfuro empiezo a detener a todo quisqui.

—Bueno, esta es una novela con libre movimiento de personajes y presunción de ficción, usted verá... En cualquier caso, sepa que todo esto es responsabilidad de Humus & Oremus. Yo, como usted, soy un asalariado. La idea —según convinimos, aunque sin concretar— era resinsertarlo a usted en esas primeras páginas con una introducción más o menos así: «Bajo el ala de un sombrero inglés, etc., la mirada escrutadora del inspector Vásquez no pasa detalle por alto: en el despacho de Pompeu Adularòs, el director del Institut de les Lletres Catalanes, la policía científica recoge muestras y huellas que, con suerte, le darán una información preciosa. Las persianas están subidas, no hay signos de violencia, el teléfono sigue sonando, ignorado por todos, etc. El señor Adularòs, postrado sobre el escritorio con un bocadillo en la mano y restos de nutrientes en los labios y la barba canosa, parece sonreír. Vásquez pregunta al agente Corredor cuáles son las causas probables de la muerte. Idiotez, oye. Pero no. No ha oído bien. Envenenamiento, responde Corredor. Habrá que esperar a la autopsia para saber de qué. El rostro cetrino de Vásquez refleja mal la luz de la tarde, etc., y ya sin la nebulosa de la resaca, decide premiarse con el primer sorbo de su petaca de Johnny Walker Black Label que siempre le da esa sensación de etc.».

—¿Rostro cetrino?

—Lo cogí de otra novela, pero se puede cambiar. ¿Rubicundo?

—Ni tan enfermizo, ni tan saludable, la verdad.

—¿Bronceado?

—Ah, eso está mejor. Denota estatus. ¿Podría poner con las marcas de las gafas por haber ido a esquiar? Siempre he querido dar la impresión de que practico deportes de invierno.

—Quizá es demasiado largo, pero algún apaño podré hacer. ¿Practicante de curlin, le va?

—¿Son esos que barren?

—Barren, sí, pero es un barrido de precisión, ¿eh? Que lo llaman el «ajedrez sobre hielo», cuidado. No solo estaría bronceado, sino que transmitiría una capacidad analítica y estratégica muy adecuada para un inspector, por no hablar del trabajo en equipo y la frialdad —mirada de acero, mirada de piolet— que tanto gusta en las series nórdicas.

—Siga, siga.

—A ver qué le parece esto: «Con la panorámica del fiordo de Trondheim y las casas coloridas que parecen flotar sobre el agua helada del norte de Noruega y los etc., el inspector Vásquez hace una señal convenida al joven Enar, un chico prácticamente albino, para que barra solo por la parte izquierda de la piedra de veintitrés kilos, de forma que trace una parábola que soslaye dos de las piedras del equipo contrario y se aproxime genialmente a la diana que etc. El lanzamiento es perfecto. El inspector Vásquez se saca las gafas de sol con un movimiento que nunca ha ensayado frente al espejo y el equipo contrario, formado por las bellas Brigitte y Willa, contempla con admiración y deseo las atractivas marcas de bronceado del cada vez más irresistiblemente apuesto inspector Vásquez, bajo la luz pálida crepuscular de los parajes hemiboreales, justo en el momento en que recibe la llamada de emergencia del jefe de policía de la ciudad de Barcelona que va a comunicarle el fin de sus vacaciones deportivas por el sobrecogedor asesinato del muy honorable y reverenciadísimo director del Institut de les Lletres Catalanes, etc.».

—Un poco abigarrado, pero no está mal.

—Podría consultar con Pía Svensson algunos detalles más que den autenticidad a la descripción, ella es de alguna zona de por allí.

—Bien, bien, esto ya es otra cosa... Piense que a mí casi me cogen para el castin de un comisario Kostas Jaritos (el de Petros Márkaris, ese genio griego), y que he hecho de Biscuter (el de nuestro Manolo Montalbán) más de una vez... Sí, sí, el Biscuter lo bordo, pero ya no tengo edad. Quizá soy más de novela criminal mediterránea, pero me puedo adaptar a cualquier clima (de joven trabajé en novelas canadienses, para que se haga una idea).

—Tomo nota.

Después de cargar un palet con destino a Molins de Rei, Jonathan Carlos sube las cubetas de tinta que Von Chamisso ha preparado especialmente para la edición de este libro. La tinta que ahora está impresa y fija en esta página, completamente seca, ha sido un líquido viscoso que se contoneaba al transitar las calles, parecido al petróleo, pero más brillante. La resina de esta tinta proviene de Tierra de Pinares, Segovia, gracias a un personaje parecido a George Adriamanantena pero en versión castellana, el resinero Íscar.

«Muy muy identificado —dice Íscar— me siento con George Adriamanantena, un hombre que vive de los árboles, como yo. Y muy muy infames han sido aquellos treinta hombres torvos, que se encuentran en esa isla del Índico y en muchos otros lugares, como en este, Tierra de Pinares. Que aunque ya hace tiempo que dejaron de asaltar los caminos, tengo el recuerdo vivo de cuando lo hacían, a traición y con alevosía, escondidos tras unos matorrales y defendiendo sus razones a trabucazos. Iba yo con un queso de Villalón y una morcilla de Cigales en el morral, joven e ignorante, un caluroso día de julio, después de toda una jornada remasando la miera que brotaba de las entalladuras y caía en los cuencos de barro, según el método que llamamos de Hughes, cuando esos mismos treinta hombres torvos que abusaron de George Adriamanantena (puesto que sería muy insólito que en una misma novela hubiera treinta hombres torvos distintos de otros treinta hombres torvos) saltaron de detrás de un matorral, y, en lugar de recordar un proverbio segoviano que me hiciera más llevadera la sustracción infame, solté la correa de Zahorí, mi mastín querido, que no ladra y que muerde mucho, para ver cómo los treinta hombres torvos se espantaban como una manada de ñus por el Serengueti, incapaces de atinar un solo trabucazo. ¡Ya pueden correr, cobardes! Mi Zahorí dejó esta vida de penurias hace más de veinte años (y no fueron pocas las morcillas que se ganó con sus hazañas), pero tengo conmigo a Josefina, una perra mestiza aún demasiado parecida a una loba, que me protege como si fuera su retoño, y que no tengo inconveniente en compartir con George Adriamanantena en esta novela, para darles su merecido de nuevo a aquellos treinta hombres torvos o, como mínimo, recuperar aquellos troncos de dalbergia que tanto esfuerzo han supuesto para un malgache pobre y decente. Muy, muy mal deben estar las cosas para que se cometan tales injusticias y se deje de forma perpetua una mirada desesperanzada en los ojos de George Adriamanantena, un hombre que vive de los árboles, como yo.»

¡Ya quedan pocos resineros como Íscar! Las máquinas, la tecnología y el progreso han acabado con esas vidas míseras y solitarias en los montes para sustituirlas por estas vidas míseras y solitarias frente a las pantallas.

Jonathan Carlos transporta la tinta de este libro por la Gran Vía al son de «For Whom The Bell Tolls» de Metallica y, en su discurrir metafísico (sin duda estamos hablando del personaje menos materialista de la novela), recuerda las palabras de John Donne:

> *No man is an Iland, intire of it selfe; every man is a peece of the Continent, a part of the maine; if a Clod bee washed away by the Sea, Europe is the lesse, as well as if a Promontorie were, as well as if a Mannor of thy friends or of thine owne were; any mans death diminishes me, because I am involved in Mankinde; And therefore never send to know for whom the bell tolls; It tolls for thee...**

* Nadie es una ínsula, ni siquiera una nínfula, completa en sí misma; cada ser es un pedazo del continente, una parte en el todo y un todo en la parte, cual gota en el océano y océano en la gota. El nacimiento de cada árbol me hace crecer; pero si el mar se lleva un terrón o una extremidad, toda Europa queda disminuida, tanto como si fuera un promontorio, o la casa señorial de uno de tus amigos, o la tuya propia, que seguramente no es tan señorial. La muerte de cualquier hombre me disminuye porque estoy ligado a la humanidad; por consiguiente, nunca mandes preguntar, las aburridas tardes de septiembre en Port de la Selva, por quién doblan las campanas: doblan por ti. (*Devotion Upon Emergent Occasions*, Meditación XVII).

—Vale, ya es suficiente. Lo de Port de la Selva ha sido el colmo. ¿Es que no puede limitarse a traducir y dejar de ir llenando de morcillas (no las de Zahorí, sino otras más indigestas) ni siquiera la obra del grandísimo, del celebérrimo John Donne?

—Es que usted se empeña en no presentarme. Yo tenía que haber salido con un caballo, a lo John Wayne, hace ya rato.

La perspectiva de volver a ver a Casandra Ballesta le hace latir con fuerza el corazón cuando enfila el Paseo de la Zona Franca. Siente el sol de este 28 de julio de 2024 calentarle la mejilla derecha y recorre las calles anchas y solitarias flanqueadas de almacenes. Al llegar a Arteos, Jerónimo le abre la valla para que meta el camión y descargue. No es un pedido voluminoso, pero al acabar Jonathan Carlos se sienta sobre unas cajas, empieza a liar un cigarrillo y le dice a Jerónimo:

—El viernes que viene haré un concierto en la Salamandra, esta vez tienes que venir sí o sí.

## II

De un hueso que ha pasado por el fuego salió el pigmento que hicieron los humanos para perfilar la figura de un bisonte, planificar una caza, llevar las cuentas de un campo de olivos y construir un imperio. También para escribir algunos de los libros más nefastos de la literatura universal. Facundo López Borrón está hablando de una de estas imbecilidades elaboradísimas para un canal de YouTube de la Comunidad de Madrid desde su apartamento en Tossa de Mar, bolígrafo en mano, gafas a media nariz, apoyado en el borde de una mesa de madera maciza, repleta de papeles y libros. Al fondo, una ventana de marco blanco que deja entrever un jardín con el sol de mediodía. Es un hombre que ha devorado miles de libros (él diría millones) y que ha propagado su sabiduría en incontables ediciones del programa *Punto y coma* con escritores de la talla conveniente al programa, pero también con políticos veleidosos y ladinos como José María Rebuznar, que tuvo la desfachatez de afirmar que su poeta preferido era Luis Cernuda (un poeta que precisamente había escrito poemas en contra de ~~estos hijos de puta~~ la zafiedad vergonzante y tan característica del rancio hispanismo de las precuelas del expresidente del gobierno). López Borrón, ahora en una versión casera de *influencer* como corresponde a estos tiempos, articula una de sus famosas frases inacabables, ejemplos de pedantería churrigueresca, comenzando primero en voz baja y con una mirada directa al espectador por encima de las gafas, apoyando el bolígrafo en la barbilla, luego enfatizando, gestualizando en exceso, cambiando del perfil izquierdo al perfil derecho, gustándose, alzando las cejas para llamar la atención sobre algún pasaje particular, relamiéndose los labios, cambiando del perfil derecho al perfil izquierdo, buscando un fragmento del libro que por casualidad trae a colación su discurso, declamándolo, pero volviendo de nuevo a su perorata y poniéndose de pie, intentando seducir, coqueto —todas las armas valen—, cambiando el bolígrafo de mano y cogiendo otro libro del escritorio sin dejar ni por un segundo de emitir cadenas de sonido, pero en esta ocasión, al llegar al punto álgido de la frase interminable, una avalancha de palabras que se encabalgan unas a otras hacen que la oscilación mandibular dibuje unas arrugas desconocidas e inverosímiles en sus carrillos —siempre ha sido una exageración pero ahora parece antinatural, grotesco, salvaje: su cuerpo poseído por una corriente eléctrica inaudita: un López Borrón acelerado, pasado de revoluciones, incontenible y torrencial, desbocado: así que suben los visionados en directo porque alguien ha creado el *hashtag* #lopezborronhastalastrancas, y López Borrón no decepciona a los nuevos espectadores que se suman a cientos, ahora incluso agita los brazos con un fajo de hojas manuscritas, pero no es que las agite, sino que las sacude y las zarandea con desenfreno, parece borbotear, y en los comentarios dicen «no mames que está volando jajaja» y «López Borbotrón 😉», y en un momento dado, cuando el discurso de López Borrón pasa del trote y el encabalgamiento a la estampida y la desbandada y se convierte en una especie de grito gutural, su cuerpo empieza a estremecerse, temblar, convulsionar hasta emborronar («López Borrón jajaja») los límites de su presencia física y aparece en pantalla un técnico de sonido o de luces que trata de calmar al gran intelectual postrándolo sobre el escritorio

(«¡Facundo, por el amor de Dios, Facundo...!»), pero el viejo no se deja, forcejean, y uno de los papeles hace resbalar al técnico y cae al suelo con todo el peso de López Borrón sobre su cuerpo, que sigue convulsionándose, uno sobre otro y cara a cara y el cuerpo de Borrón que va arriba y abajo, arriba y abajo, y se oye fuera de plano «¡Qué pifostio!» y «¡Que alguien haga algo!», mientras el grito gutural continúa, continúa, continúa, ahora con unas ondas de espuma que rebosan la cavidad bucal y se vierten cual cataratas sobre las gafas del técnico desvalido, los brazos-alas de López Borrón chapotean ya débilmente con sus plumas-hojas flotando en el aire, el técnico está petrificado, quizá inconsciente o soñando que es una de esas jovencitas asiáticas que tanto gustan al personaje-pájaro, en los comentarios escriben «que alguien borre lol estas terribles imágenes de mi mente» y «wtf wtf wtf» y por fin el grito empieza a morir como un globo que se desinfla, lento, pavoroso, exánime. Se llega al silencio total y parece que todo haya durado una eternidad. Un segundo después, se interrumpe la conexión.

El cuerpo de López Borrón será incinerado cinco días más tarde en el cementerio de Nuestra Señora de la Almudena, Madrid.

El segundo asesinato en apenas unas semanas de una destacada figura del *establishment* literario le hace degustar al inspector Vásquez las mieles de la repetición. Cuando la poeta Sylvia Plath, exesposa y madre de los hijos del poeta Ted Hughes, se suicidó metiendo la cabeza en el horno, todos pensaron que el pobre Ted había sufrido una desgracia. Pero cuando la poeta Assia Wevill, la mujer por la que Ted había dejado a Sylvia, abrió la llave del gas de su apartamento de Londres seis años después, la percepción cambió. Una vez es una desgracia, pero la segunda...

La segunda no, Ted.

Así se siente el inspector Vásquez a causa de este segundo asesinato, que le ha interrumpido su práctica de *bobsleigh* en Saint Morizt: ya no es una casualidad, ni un accidente, ni mala suerte. Ahora está delante de un asesino en serie, de un psicópata emperrado en arruinarle las vacaciones. Vuela de inmediato a Barcelona y se reúne con la *consellera* de Interior.

—Inspector, ya han llegado los resultados de los análisis. Como temíamos, es otro envenenamiento con arsénico.

—¿La policía científica ha podido determinar la fuente? —pregunta Vásquez con las marcas del casco de *bobsleigh* aún visibles en el cráneo y los labios secos y cortados.

—Ni en el bocadillo de aguacate de Pompeu Adularòs ni en su café con leche de soja han encontrado nada. Y lo mismo ocurre con López Borrón, que era vegano y ayunaba continuamente, al parecer. Su mujer japonesa asegura que no había comido nada en los últimos ocho meses. Pero cuando le han preguntado sobre el volumen ventral de su marido no ha sabido qué responder.

—Me temo que los análisis del correo serán parecidos a los de Adularòs.

—Pues ya está espabilando, Vásquez. Tengo al *conseller* de Cultura histérico. Se niega a inaugurar más ferias. Por no hablarle de los periodistas. El vídeo de López Borrón ya tiene doscientos millones de visitas, imagínese. Y ya han empezado las imitaciones, algunas bastante buenas, todo sea dicho. Ahora voy a contarle los pormenores de este nuevo asesinato...

Nada pasa desapercibido a la mirada escrutadora del inspector Vásquez y, como le ha demostrado la experiencia en tantas ocasiones al principio de una investigación, no se puede descartar a nadie como sospechoso. Observa la mesa de la *consellera* mientras se acaricia los nudillos magullados por un giro poco preciso en la pista de *bobsleigh* y escribe una nota mental: 1) una foto con un hombre calvo y con barba a quien coge de la cintura; 2) un abrecartas impoluto; 3) dos agujas y un hilo negro; 4) un cepillo de dientes de viaje; 5) un ordenador portátil de la marca Lenovo; 6) una grapadora negra Printer; 7) un poco de ceniza en el borde derecho de la mesa; 8) una figura de porcelana de un *jockey* sobre un caballo blanco; 9) un barómetro; 10) un dosier en el que a pesar de las letras inversas puede leerse «Análisis de las actuaciones policiales contra la subversión y la inmoralidad en las zonas rurales del Vallès Occidental»; 11) un pincel de pelo de camello marca Moona y dos hojas de papel Fanvergé; 12) restos de lo que Vásquez aseguraría que es cocaína sobre el tapete de cuero de la mesa; 13) un reloj dorado rococó, flanqueado por dos leones; 14) una pila de sobres acolchados sin abrir (trece, llega a contar, dos de ellos con el sello de URGENTE); 15) un frasco que parece un dispensador de gotas medicinales (luego le dirán que es popper).

—¿Lo ha comprendido, inspector?

—Completamente.

—¿Ha visto ya el vídeo de López Borrón?

—Qué remedio.

—No podemos tolerar que se repita algo así.

—Bueno, como si dependiera de nosotros.

—¿Qué quiere decir?

—*Caralho*, que si los de la científica no sacan nada concluyente, pues no nos queda más remedio que esperar de brazos cruzados hasta que vuelva a matar, o, más bien, hasta que vuelva a matar y cometa un error, porque esa es la cuestión. Y yo tengo un calendario de competiciones de invierno de lo más abigarrado, ya le prevengo.

—Pero algo podrá usted hacer, digo yo.

—Lo que yo haga o deje de hacer está exento de influencias políticas de cualquier tipo, y sus suposiciones e indirectas no harán cambiar ni un ápice mi posición. La mente de un inspector es como una caja cerrada en la que solo se filtran los hechos. Los hechos. Un muerto, dos muertos. ¿Qué posibilidades hay de que aparezca un tercer muerto? Respecto a esta cuestión la praxis policial vive, como usted, en la ignorancia. Lo mejor que podemos hacer es que parezca que hacemos algo, al tiempo que, en realidad, no hacemos nada, o no tanto, ¿me sigue? Pero en este no hacer nada, o no tanto, precisamente…

—Vásquez, no me cuente historias. Necesitamos una detención antes de la conferencia de prensa de mañana. En los diarios ya nos están comenzando a relacionar con Salman Rushdie, imagínese.

—Ese hombre es el diablo.

—No empiece, Vásquez.

—Lo digo en serio. Solo hay que mirarlo a los ojos, fíjese.

—Vásquez, que lo dejaron tuerto…

Horas más tarde, Vásquez se encuentra en el Negroni, una coctelería de la calle Joaquín Costa, hablando con el camarero sobre la mejor época del año para escalar la cara norte del K2, cuando se fija en el fondo de su copa, y, más allá, en la servilleta con el logo del bar que se puede ver a través del cristal. La tinta se ha corrido y del logo parece desprenderse una lágrima, pero más que una lágrima, piensa Vásquez, se trata de una huella. ¿Una marca? Sí, incluso una marca.

Los pigmentos, la parte sólida de la tinta, hacen visible lo que no se ve, le imprimen color, textura, profundidad. Una tinta sin pigmentos sería un líquido ilegible, tan inútil como un libro en blanco. Para que la tinta marque y delimite, para que la tinta sea espada, necesita algo sólido: tierra. ¿Se ha fijado la lectora en la urna tan pequeña en la que han metido al malogrado López Borrón en el cementerio de Nuestra Señora de la Almudena? ¿El gentío que había? ¿Y la indignación? ¿Ha visto a qué se reduce un cuerpo humano, cómo se concentra en un par de puñados de polvo que luego han disuelto, con la pompa conveniente, en el curso del río Manzanares? Este es el poder inverso del pigmento: la dispersión, la influencia, la conquista. Eso sí, siempre que tenga un líquido donde hacerlo. Es lo que quiero enfatizar: lo líquido-sólido de la tinta, su estatus cambiante terra-acuoso, provisional, huidizo, como el mismo Von Chamisso. ¿Han ocurrido las cosas que relata un libro? ¿O están por ocurrir? ¿*Vuelven* a ocurrir? Valga la redundancia, lo mismo ocurre con la tinta: hace visible lo que no se va.

«Qué místico, Alfonso, me dice Marta González Lima. Y si no es místico, es misterioso. Yo te puedo asegurar que escribir los números del ISBN no tiene nada que ver con esto. Los escoge un algoritmo, y el algoritmo lo creó algún joven californiano que ahora debe de vivir la mar de bien. Te lo copio de la Wikipedia porque hay cosas que es mejor no parafrasear:

> El dígito de control de un ISBN de 13 cifras se calcula de un modo diferente al del ISBN de 10 cifras, con un cálculo basado en el módulo 10: multiplicando el primero de los 12 números iniciales por 1, el segundo por 3, el tercero por 1, el cuarto por 3, y así sucesivamente hasta llegar al número 12; el dígito de control es el valor que se debe añadir a la suma de todos estos productos para hacerla divisible por 10 (por ejemplo si la suma es 97, el dígito de control es 3, porque 97 + 3 = 100, que es divisible por 10; si la suma es 86, el dígito de control será 4; si suman 120, será 0; y así en cualquier otro caso.

»Ya ves que no es tan complicado, pero yo solo entro en el programa, escojo la editorial, pongo el título del libro, pulso un botón y listos. El resto del tiempo me lo paso mirando por la ventana, donde hay un pino formidable. Sin pensar en nada, solo lo miro: por la mañana, por la tarde, en invierno, en verano. Oí que un pintor inglés se dedicó a pintar el mismo roble durante veinte años, y que no se cansaba, al contrario: cada vez le parecía más digno de atención. A mí me pasa algo parecido con ese pino, y seguro que el resinero Íscar me puede entender en este aspecto (Íscar asiente). Y creo que lo más maravilloso de todo es que es un pino normal y corriente. Le doy un número ISBN a un libro y luego miro el pino. Hay una conexión ahí que, si no es misteriosa, es mística. Por esto a mí me dicen siempre que estoy en la Luna, o en la parra, o en Babia, que no estoy donde estoy, pero no saben que es cuando no estoy cuando mejor estoy. Parecerá un trabalenguas, o un juego de palabras, y seguramente lo sea, también los budistas y los sufistas hablan sin acabar de aclarar lo que dicen y, si así tampoco se hacen entender, prefieren callarse. Recuerdo ahora la frase de san Ignacio de Loyola (no te vayas a creer que creo en nada, lo vi en una película hace unos días), que decía algo así como "para quienes creen, ninguna palabra es necesaria; para quienes no creen, ninguna palabra es suficiente". Luego, al acabar la jornada, si es que alguna vez se acaba algo, bajo a la calle y me quedo un rato junto al pino, tal vez fumando un cigarrillo, me quedo junto a él como quien espera con un amigo sin decir palabra, y mis compañeros de la agencia del ISBN (Diego, Karin, Patricia) salen de camino a casa y sonríen y murmuran, sé que para ellos estas conexiones —el papel, el pino, la resina— son invisibles, inapreciables, y que por mucho que explicara o dejara de explicar para ellos un pino es un pino y un libro es un libro, una cosa es igual a sí misma y no a otra, cuando lo que yo veo es precisamente lo contrario, no hay una cosa ni hay otra, todo es compartido y permeable, carente de esencia y dogma, como bien dice este poeta John Donne que has tenido la delicadeza de hacerme leer, Alfonso: nadie es una isla en sí mismo. Por esta razón, al llegar a casa me parece que sigo escuchando los susurros de Jonathan Carlos y Casandra Ballesta, oigo cómo luchan con el mecanismo de un botón o una cremallera, cómo tropiezan al sacarse un zapato con la punta del otro, cómo dejan aquí un pantalón y allí un calcetín…» [escena de sexo oriental/imitación D. H. Lawrence: ahora mismo está en preparación.]

Es un ser especial, esta Marta González Lima, de eso no cabe duda. Cuando no era más que una niña de ocho años, su tío le preguntó:

—Marta, ¿qué quieres ser de mayor? ¿Una actriz famosa?

—No.

—¿Tal vez una astronauta?
—No.
—¿Piloto de carreras, presidenta del país…?
—No.
—Bueno, y entonces, ¿qué quieres ser?
Marta pensó un momento y respondió:
—Yo quiero ser una persona *normal y corriente.*

## Dos diálogos con el autor

### *El muerto*

—Dígame.

—Soy el muerto.

—Ya era hora, llevamos esperándolo una eternidad. Pase. ¿De qué novela viene?

—De *Anna Karénina.*

—Pero si ahí solo muere Anna Karénina.

—Bueno, en la novela sí, pero yo era uno de los sirvientes, Korniéi, no sé si lo recuerda, serví a la señora durante diez años. Y luego al acabar la novela me fui quedando por allí, por costumbre, hasta que un día, zas, me dio un infarto y morí.

—Realmente interesante. ¿Es la primera vez que hace de muerto?

—Sí, en la práctica, pero he visto muchos muertos de novela.

—¿Y cómo es eso de la muerte?

—Es de lo más curioso. ¿Le interesa la física?

—De aquella manera.

—Pues se lo explicaré así: digamos que la vida tiene una velocidad normal, sea esta la que sea. En los últimos instantes (quizá para usted sea en las últimas páginas) se ralentiza… Al principio parece que todo se mueva a cámara lenta, y luego, cuando va tan lento que da la sensación de que vaya a pararse, uno se da cuenta de que tiene todo el tiempo frente a los ojos. Es más, uno se da cuenta de que siempre lo ha tenido. Supongo que a esto se refieren los místicos con lo de *eternidad*, y usted también, no hace tanto.

*(Sin haber escuchado)* —Entonces, ¿habla ruso?

—No, era una traducción. Yo soy de Mérida. Pero conozco palabras, *mujik*, por ejemplo, o *kopek*.

—Ya veo. A ver, siéntese. Imagínese que es el director de una prestigiosa institución cultural, que está en su despacho y que come un sabroso bocadillo de aguacate.

—¿Así?

—Bien. Ahora haga como que se derrumba por algún tipo de ataque anafiláctico.

*(Se derrumba anafilácticamente.)*

—¿Qué le ha parecido?

—Aceptable. ¿Podría dejarse crecer la barba y teñírsela con canas?

—Sí, claro, y las canas no habrá que teñirlas.

—También le pondremos gafas, debe usted parecer un intelectual.

—Me hubiese encantado leer libros, pero, con este trabajo, ya ve, no he tenido tiempo.

—No se preocupe. Hará de Pompeu Adularòs. ¿Lo conoce?

—¿El novelista?

—No exagere.

—¿No hizo un libro del *president* Jordi Bunyol?

—Ah, eso quizá sí. Pero era propaganda. Para que me entienda: Pompeu Adularòs es el Joseph Goebbels de la propaganda cultural, por la cuenta que le trae (y créame que no son pocos billetes).

—¿Un vendido?

—No, un comprado.

—Me parece que es usted de los que juzga a la ligera.

*(Sin haber escuchado.)* —Y luego hará de López Borrón.

—¿El de las entrevistas?

—El mismo.

—Así pues, dos papeles. Doble sueldo, supongo.

—No, no, el papel de muerto se paga a la mitad, por convenio. Que mucha pericia no se necesita. Y mientras no ronque, le dejaremos dormir.

—El problema con mi personaje es que no tiene motivación alguna, no se sabe por qué mata a los prohombres y promujeres de las letras.

—Ha sido todo un poco precipitado, no lo niego. De repente, he tenido que incorporar a un asesino, y no uno normal, sino un *serial killer*... No les ha sentado nada bien al resto de los personajes. Ahora miran por encima del hombro cuando entran en un ascensor, o cuando vuelven a casa y dejan el coche en el aparcamiento y no hay nadie y está oscuro, o cuando, ya después de cenar y de que todo el mundo se haya ido a dormir, oyen algún ruido inusual, misterioso, inquietante en la cocina. ¡No sabe en el aprieto que me ha puesto! Me ha costado mucho trabajo lograr que se queden. He tenido que garantizarles que ninguno de ellos sufrirá consecuencias. Además, está la cuestión de meter al departamento de policía en la novela, que es como tener a una cría de elefante husmeando mis calcetines de golf. Ya se me ocurrirá algún motivo, pierda cuidado.

—Pero yo soy de la escuela de personajes que deben entender a sus personajes...

—¡Qué más quisiera yo! *(Indignado)* Nunca, nunca he comprendido a un personaje. Si quisiera comprender me haría profesor de filosofía e iría comprendiendo esto y lo otro y lo de más allá... ¡Pero yo nunca he comprendido nada! Todos estos comprensivos oficiales lo van explicando todo, pero yo no comprendo (no entiendo ni asimilo ni integro ni retengo) absolutamente nada.

—Bueno, es que cuando uno lee una novela…

—¡Ah, las novelas! Si le soy sincero, de las novelas solo tendrían que hablar las novelas.

—Eso es una tautología.

—Más bien no, pero precisamente.

—No entiendo.

—¿Lo ve? Yo tampoco.

—Pero este personaje, Von Chamisso, comete crímenes atroces. Alguna razón tendrá, digo yo.

—A saber. Pregúnteselo a su psiquiatra, el doctor Jezbelski. Es obvio que no es un pasatiempo popular, pero no soy quién para meterme en la vida de los demás. ¿Quiere que diga que está loco? ¿Que tiene un trauma infantil porque le castigaban con aguantar físicamente las obras completas de Josep Pla? ¿Que es un escritor frustrado, malcriado, cobarde? Mire, no importa por qué Anders Breivik asesinara a noventa jóvenes socialistas en la isla de Utoya. Las mismas razones podía tener la mitad de Noruega. Pero solo él apretó el gatillo noventa veces. No le diferencia la razón, sino la acción. Si usted quiere razones, las hay a montones.

—Ya parece que hable como un filósofo.

—Solo trato de ayudarle.

—¿A qué?

—¡Dígamelo usted!

—...

— ¿Por qué asesina Von Chamisso? Usted está en su papel, me lo podrá decir.

—Bueno, tengo una sensación así como de poder, a lo Darth Vader.

—Bastante típico, pero continúe.

—De control, de poder decidir quién vive y quién muere.

—Y, ¿por qué? ¿Por qué a estos literatos? No piense, ¡sienta!

—Por decencia. Por justicia literaria. Reivindico la gran literatura.

—¿Me está amenazando?

Pere de Baldrich y Casandra Ballesta, con sendas mascarillas, analizan una página de un libro que acaban de imprimir, la observan con una lupa, rascan con un puntero metálico la superficie del papel, hacen saltar la tinta, colocan una muestra en el microscopio.

—¿Lo ves? —dice Casandra.

—Sí, son como unas impurezas.

—Pero no son impurezas.

—Habría que analizarlo. ¿Has hablado con el laboratorio?

—Esperaba que lo hicieras tú. Yo no sabría qué decirles.

Si algo ha comprendido Pere de Baldrich en su vida sin sobresaltos es que hay cosas que no puede comprender, y una de ellas es precisamente cómo Casandra Ballesta logra ver cosas que para él son invisibles. Él todo lo ve como si fueran las doce del mediodía, sin sombras. A efectos prácticos, implica mentir mal y no saber reconocer las mentiras de los demás. En alguna ocasión algún laboratorio les había suministrado tinta adulterada, con menos pigmento, o con un pigmento impuro. (A Casandra nunca la engañaban, tenía un ojo hereditario para la tinta impresa.) Pero no era el caso de Laboratorios Brigal, cuyas tintas eran siempre tan perfectas y armoniosas. Era palabra del señor Ballesta: «Si quieres una tinta selecta: Brigal». Aquella tinta, sin embargo, no parecía que estuviera adulterada. «Se desprendía con más facilidad, quizá fuera un problema de la resina», dijo Pere. Tanto daba. Habría que llamar al laboratorio y hablar con ellos, y luego quizá llamar a otro laboratorio para que hiciera un análisis independiente. Y todo ello con el problema productivo que implicaba dejar aquellos litros de tinta en la reserva, sin usar.

Pere de Baldrich llama a los laboratorios Senabre.

—En una semana lo tendremos —responden.

—Paco, ¿no me lo puedes acelerar? Que tengo dos pedidos que debían haber salido ayer.

—Cinco días. Y no te lo aseguro.

Volvió a su despacho y miró el calendario. Los de Haroldo & Ortensia tendrían que esperar. Abrió el documento *Las ciento cuarenta y cuatro páginas de este libro* para comprobar el número de páginas y que la maquetación estuviera en orden. Y cuando, de casualidad, leyó por encima una línea de la página 50, primero se quedó sorprendido y luego estupefacto. Volvió a leer. Sí, no había duda: allí estaba escrito su nombre, Pere de Baldrich.

Minutos después entraba de nuevo en el despacho de Casandra Ballesta.

—Y no solo salgo yo. También salen Olopte y Jerónimo. Y tú.

—¿Cómo es posible?

—Debe ser cosa de las nuevas tecnologías, Casandra. Nos han hackeado con el programa aquel de espionaje de los israelíes. Se han metido en nuestros correos, en el teléfono, en el WhatsApp. Fíjate, es que incluso han transcrito las conversaciones palabra por palabra. Es más, los pensamientos también. Da miedo. Lo más probable (y Pere de Baldrich bajó entonces el tono de voz hasta susurrar) es que este despacho esté plagado de micros ocultos.

—Pero ¿quién querría hacer esto?

—Si te soy sincero, llevo sospechándolo desde hace un tiempo. A esto se le llama «espionaje industrial» y no es muy difícil saber quién es el responsable.

Uno a cinco a que es la Imprenta Cardona, ese desalmado de Joan Carles Cardona. Nos la tiene jurada desde que el Ayuntamiento nos encargó la impresión de los carteles de la fiesta de la Mercè, lo cual es inobjetable, puesto que sus precios eran abusivos.

—Habrá que reportarlo a la policía.

—Y tomar medidas legales. Un atentado contra el honor y la decencia, etc. Le va a caer un puro del copón.

## FIN DE LA SEGUNDA PARTE

*¡Ah, querida lectora, quizá me haya excedido con este último giro cervantino de los acontecimientos! ¡Personajes que se leen a sí mismos! ¡Menudo lío! Entonces, ¿podrán leer también su futuro y su final? Bueno, todavía no le he dado muchas vueltas, habrá que ver, paciencia.*

*Pero en la nueva reunión con esa hidra de siete cabezas que es Higuera & Ortiga, que tiene lugar en una terraza de la plaza Osca, recibo un rapapolvo ejemplar. Independientemente de las lagunas en el argumento y de la estructura deslavazada, los editores están preocupados por la aparición y desaparición de Pompeu Adularòs y López Borrón. Temen represalias porque «Alfonso, este mundo de la edición y la cultura es demasiado pequeño como para tirarnos piedras en el tejado. Son gente muy ególatra y sensible, muy influyente, por lo demás, y nosotros somos un ser marginal apenas aguantado por un hilo». Yo alego que es mejor salir que no salir en una novela, aunque sea salir para morir, y que la muerte en concreto de ellos no es más que una de las llamadas «licencias del autor», no tan alejada de la licencia de matar de James Bond, salvando las distancias, que no son tantas, dado que la muerte del Dr. No apenas se distingue en esencia de la muerte de Adularòs o López Borrón, pues no es lo mismo morir en un libro de ficción que en el Libro del Registro Civil, bastante más estricto e inconveniente en estos casos. Y que estoy dispuesto a compartir los derechos de autor, si se diera el caso, aunque me parecería tremendamente rancio por su parte. Y que, muerte por muerte, también se decretó años ha la muerte del autor, y llevamos décadas muertos, y no es para tanto.*

*Otra de las objeciones se refiere a que se deben actualizar algunos datos. La lectora no habrá advertido que entre la primera y la segunda parte han transcurrido unos cuantos meses en los que el autor ha debido dedicar su atención a otros asuntos más urgentes. El mundo, mientras tanto, ha seguido girando y han comenzado una serie de aumentos en los precios inesperables e inesperados. Por lo que respecta a nuestro ámbito, el aumento de costes más significativo ha sido el del papel, y el pobre George Adriamanantena no ha tenido absolutamente nada que ver con ello.*

*Hexágono&Octaedro, con la mirada oscura y desesperada clavada en la botella de cerveza, aporta datos. Un año atrás, la impresión de un libro le costaba 1.500 euros. Actualmente, 2.800, es decir, un 87 % más. Con estas cifras, las ventas necesarias para cubrir gastos son por lo menos de 700 ejemplares, lo cual dificulta en gran medida la viabilidad de aquellos libros que, como este, no es plausible que cuenten con un público amplio. Porque, ¿cuánto dinero está dispuesta a pagar la lectora por un libro como este? ¿15 euros? ¿25 euros? ¿Podría llegar a pagar 50 euros por un libro como este?*

*Y es más: Horchata & Ornato afirma que algo huele mal en toda esta cuestión porque quienes más afectados se ven por esta subida de precios son, precisamente, las pequeñas editoriales que no tienen capacidad para comprar papel al por mayor, como sí pueden hacer los grandes grupos. Habla de una «estrategia de asfixia premeditada» que casa muy bien con estos tiempos de vuelta al pensamiento único y al autoritarismo, que no tantos ven con malos ojos. «Alfonso, me dice casi totalmente sumido en el fondo de la botella, es como si el siglo veinte no hubiera existido. Vivimos sin dar crédito a la historia. Es importante poder decir la verdad. Las consecuencias de la mentira son inasumibles. Mira Chernóbil.» No es para tanto, le digo por costumbre.*

*Pero quizá sí que lo sea.*

*Quizá sí que sea para tanto.*

*No permitir voces disidentes y minoritarias sí que es para tanto. Son las que resquebrajan el discurso único, las que descubren el velo de la mentira y apuntan a la verdad. ¿Censura? Sí, censura. Pero la nueva estrategia es sibilina. Como diría el exministro de Economía español y condenado por corrupción, Rodrigo Barato, «es el mercado, amigo». Pero el mercado no es un ente abstracto que viva por sí mismo, como los ultraliberales fingen creer. El mercado son personas, tan de carne y hueso como Rodrigo Barato mismo. Y estas personas toman decisiones y son responsables de ellas.*

*¿Censura, pues? Sí, censura. Que los precios hagan inviable un proyecto editorial y que los gobiernos no tomen medidas es equivalente a censurar, a impedir la publicación de textos y discursos alternativos, a no ser que uno tenga una herencia que no le importe dilapidar por amor a la diversidad.*

*Hoplita & Outsider me pide, por lo tanto, modificar la primera parte (de nuevo) para incorporar el cambio de situación que provoca el aumento sobredimensionado del precio del papel. No me atrevo a decirle que no en este momento, de tan abatido que lo veo. Le doy unas palmaditas en la espalda, le digo que todo mejorará. Pero, entre nosotros —es decir, entre la lectora y yo—, podemos llegar a un acuerdo bajo página que no implique un nuevo retroceso, con su rescritura y su relectura, qué tedioso.*

*Esto es lo que tiene que saber: el precio del papel se ha duplicado. Y los responsables, Von Chamisso mediante, pagarán por ello.*

## *SALIDA DE EMERGENCIA

* Si en este punto la lectora siente que la novela es una catástrofe, no tiene más que aprovechar el espacio en blanco de esta página y escapar del derrumbe de tentativas y audacias que no acaban de convencerla. Puede refugiarse en otra novela que le sea más conveniente. Cumplimos así con la ley de prevención de riesgos laborales de novela ISO/NOV 200001-3/2019, específicamente con el artículo 23.6, que reza: «Asimismo, en caso de incendio, inundación, sustracción, desinterés o aburrimiento, los personajes de la novela —incluyendo en ellos a la lectora—, dispondrán de una salida de emergencia claramente señalizada, de fácil acceso, con apertura al exterior y con las medidas proporcionales a la novela en cuestión».

# El hilo
# (la cola)

## I

*Aquel que conoce el hilo tenso del que están sujetas todas las criaturas, aquel que conoce el hilo del hilo, ese podrá conocer la gran Exégesis.*

*Atharvaveda*, 10, 8, 37*

Pero si este libro no tiene hilo, dirá la lectora. No está cosido, sino encolado. Y tiene razón, sí, tiene razón.

Pero, a la vez, no tiene razón, no señora. Porque este libro tiene un hilo conductor, un hilo argumental, aparentemente deshilachado, no lo niego, pero que sirve para urdir la trama y para hacer el nudo que luego deberé desenlazar, según una teoría de los cuentos que estoy muy lejos de innovar aquí:

* Extraído de *El ardor*, de Roberto Calasso, traducción de Edgardo Dobry, de una traducción original del *Atharvaveda* de L. Renou.

inicio, nudo y desenlace. Sin el hilo sería imposible leer una página tras otra en el orden sucesivo adecuado, y lo que ocurre antes ocurriría después y lo que ocurre después quizá no llegara a ocurrir. El hilo (o la cola) es lo que posibilita la sucesión y une las partes.

Con la página y la tinta hemos compuesto el espacio: un piso vacío que decoramos con *sombras de luz*, sucesivas capas o sábanas, puertas de entrada y de salida (incluso de salida de emergencia). Con el hilo tejemos el tiempo, unimos lo que está separado y le damos un significado. De ahí la importancia de no perder el hilo ni de enredarse, o de enredarse solo en la segunda parte (nudo) para luego poder desenredarse en la tercera, como si fuera un truco de magia: *voilà*.

Si con el papel habíamos apelado al reino vegetal de sus fibras, y con la tinta apelamos al reino mineral de sus pigmentos, con la cola deberemos apelar al reino animal (y concluir así que el libro es «la explicación órfica de la tierra», como decía Mallarmé), porque para la fabricación de cola se necesita *colágeno*, valga la redundancia. Y este colágeno se obtiene de huesos, espinas y pieles de animales. Y en el caso que nos ocupa, de un animal muy concreto (otra de las *evidencias* prometidas), de un cerdo llamado Frankie que se extravió heroicamente de camino al matadero —primero se quedó dormido y oculto entre el heno (era narcoléptico) y cuando todos sus compañeros (Deborah, Caléndula, Martín) bajaron por la rampa del camión hacia el funesto destino común nadie reparó en su ausencia. Luego despertó inocentemente y aprovechó un momento de despiste en el aparcamiento de la empresa de transporte (el conductor albano estaba firmando los documentos de entrega) para saltar por un hueco de la jaula, y luego pasó por debajo del enrejado de alambre que cercaba las instalaciones de la empresa de transporte y comenzó a pastar por un descampado del polígono industrial, indolente bajo el último sol de la tarde. Estuvo en búsqueda y captura durante trece horas. Lo encontraron totalmente traspuesto a los pies de un olivo y, cuando lo despertaron con una descarga eléctrica, lo último que pensó fue en dar con sus huesos en este libro.

Pero así fue, así es, así ha sido. Cada vez que la lectora mire verticalmente el lomo de este libro, puede tener la seguridad de estar mirando la columna vertebral de Frankie —aquejada, es cierto, por una leve escoliosis—.

Esta franja blanca casi imperceptible es la responsable de que el libro no se deshoje como un árbol en otoño: tiene la capacidad de unir las partes (y de mantenerlas unidas, lo cual es aún más difícil).

¿El pilar de esta construcción, de esta casa? Puede ser, me gusta la metáfora. Y me gusta también el hecho de que la cola es líquida y después es sólida, como si con esta transformación eclosionara la crisálida y se desplegaran las alas (páginas) del libro.

O como si fuera lava que se convierte en roca. Allí por donde pasa su lengua, todo se petrifica.

Sí, es lava que se convierte en roca.

Esta simple franja de cola es la *piedra angular* de la estructura de este libro, de cualquier libro. Es la parte fija, rígida. Basta, bruta, rugosa. El verdadero *tronco* del libro que lo mantiene en pie, erguido. El que une sus hojas (son estas las que, precisamente, marcan las sombras de luz, ¿no es cierto?). Y si une sus hojas, ¿también unirá sus raíces? ¡Oh, las metáforas! ¿Hasta dónde pueden llegar?

El *yukigassen* es un deporte japonés que precisa de un desarrollo muscular del deltoides concienzudo y metódico. Muchos lo confunden con una mera guerra de bolas de nieve, pero la precisión, la potencia y la velocidad que requiere lo convierten en un entrenamiento ideal para todos los cuerpos de seguridad de élite del mundo. El inspector Vásquez está rotando sus brazos frente al espejo de un conocido gimnasio de la ciudad, admirando el desarrollo de su tronco superior y poniendo a prueba el sistema de transpiración metabólico de su cuerpo, que funciona a la perfección. Unas mallas excesivamente estrechas oprimen sus muslos peludos, una cinta fucsia le rodea el cráneo, una camiseta de tirantes blanca deja ver la cadenita de oro con la imagen de la Virgen que compró en una procesión de Córdoba. El reloj de última generación que monitoriza las rotaciones y la tonificación muscular le informa de que ha sobrepasado las ciento cincuenta pulsaciones por minuto y suena «You're sixteen, you're beautiful and you're mine» de Ringo Starr, del disco *Ringo*, que grabó en Los Ángeles en 1973 y que fue número uno en Canadá. Pero, justo cuando está acabando la segunda estrofa, interrumpe la canción un aviso repelente (¡Meec! ¡Meec! ¡Meec!) y el inspector Vásquez, sin dejar de mirarse en el espejo, ralentiza la rotación de los brazos hasta detenerlos, se golpea el pecho y expulsa un sonido gutural de la garganta. Sabe que los demás lo están mirando.

Cuando lee NUEVA INFO seguido de LOCALIZACIÓN DEL ASESINO seguido de MISIÓN INMEDIATA y luego de PRESENCIA REQUERIDA, apenas puede contener las emociones. Su capacidad para explicarse las más variadas historias sobre sí mismo le convence esta vez de que es el hombre de hielo (preciso, constante, implacable), pero los demás —sus compañeros en el cuerpo, el resto de los gimnastas recubiertos de licra que lo observan ahora con curiosidad o desdén— no opinan lo mismo. Lo describen como alguien hecho de cartón, con partes móviles.*

Con la cinta fucsia todavía oprimiéndole el cráneo y sin haberse duchado, el teniente Vásquez llega a la sala de operaciones donde le esperan el agente Corredor y la agente Sanjuán, que están estudiando los planos de una nave industrial del extrarradio.

—Hemos recibido un chivatazo, inspector —dice el agente Corredor—. Se ve que hay un libro donde está todo escrito y allí aparece este sujeto y todo lo que ha hecho.

* –¿Con partes móviles?

–Eso es lo que dicen.

–Me está dejando por los suelos. Que si presumido, que si sudador, que si hipócrita. La autoridad merece un respeto, vamos.

–El más absoluto, inspector Vásquez. El más absoluto. Pero yo no puedo cantar únicamente las alabanzas de la autoridad. Esa es una autoridad que no se la cree nadie, ¿no lo ve? La autoridad tiene que ser humana, con sus defectos. Tiene que ser verosímil. Así se vuelve entrañable y ya luego nadie se acuerda de ella (como autoridad, ¿eh?). Una autoridad es útil siempre y cuando no se le haga mucho caso. ¿O querrá usted censurarme?

–No, no, yo solo quería aconsejarle…

–¡Ah, son consejos!

–No se me burle.

–Pero es que tiene tela, se pone en evidencia usted solo. ¿Le digo yo cómo detener a sus delincuentes?

–Vale, vale, me callo. Siga, continúe.

—El objetivo es extremadamente peligroso, aunque no tiene antecedentes. Se llama Zacarías Von Chamisso —añade Sanjuán.

—¿Von Chamisso? ¿El de la nariz?

—¿Qué nariz?

—En los años ochenta, hubo un programa donde aparecía un superdotado olfativo. Metía la nariz en un croissant y decía: «¡37,5 grados Celsius!». Buenísimo.

—Su conocimiento es enciclopédico, teniente.

—No me cabe duda, imagínese.

—Lo comprobaremos de inmediato.

—Gracias, gracias. Por cierto, ¿a alguien de aquí le parece que tengo partes móviles?

—Pero, entonces, ¿las lectoras se mueren porque hay un veneno impregnado en las hojas, y al lamerse el dedo y luego pasar la página se lo inoculan inconscientemente, como en *El nombre de la rosa*?

—Es similar, pero no exactamente así.

—¿O es como en el cuento de Víctor García Tur, *El país de los ciegos*, en el que el lector se contagia de una extraña enfermedad y se va quedando ciego a medida que lee hasta que al final ya no ve una mic

—Es una idea muy buena, pero tampoco es exactamente así.

—¿O es una muerte existencial, en la que la lectora se da cuenta de que ella misma es inexistente gracias al artificio de la novela, como hace Macedonio Fernández?

—Macedonio sería incapaz de matar una mosca, es más, ni una mosca de novela. Era un hombre profundamente metafísico, de una vulgaridad (en su sentido más noble) sagrada.

**[Interrupción de la novela por causas ajenas al autor]**

El cartero me entrega esta mañana una carta certificada de los editores con el siguiente mensaje:

> Por la presente se decreta el despido inmediato de la novela y de todos sus participantes por incumplimiento de contrato, fundamentado en 1) ofensas verbales, 2) transgresión de la buena fe contractual, y 3) disminución continuada y voluntaria en el rendimiento del trabajo.
>
> H&O

Pero por teléfono me dicen que no me preocupe, que no es más que jerga de abogados, que no hay ningún problema entre nosotros, a pesar de que hayamos tenido algunas diferencias de matiz, lo cual es natural. Que entra dentro de la práctica novelística que los finales sean inesperados, que no hay de qué lamentarse y que la lectora seguro convendrá. Que mis servicios son altamente apreciados y que en próximos proyectos sin duda pensarán en etc.

No obstante, a mí me hubiera encantado poder dar fin a todas estas tramas, relatar la persecución del asesino, o desvelar si Casandra y Daniela y Jonathan Carlos alcanzan la felicidad… Pero ya lo ve la lectora… ¡El libro se acaba! Apenas quedan unas pocas páginas por delante, insuficientes para contarlo todo, para no dejar un cabo (hilo) suelto. Aduce el editor que las lectoras de ahora ya no leen libros de más de ciento cincuenta páginas, que competimos con Netflix y Tinder, en fin… Tengo la promesa de que, si las ventas acompañan, tal vez podamos acabar esta novela en la próxima novela.

Por el momento, deberemos conformarnos con una serie de notas, fragmentos y apuntes dispersos, ordenados así y asá, porque al final con tanta elipsis uno puede decir lo que se le antoje a la lectora. La ralentización de la lectura, como estaba previsto, contribuirá además a proteger su integridad física y que aterrice en la terminal de la novela tan elegantemente como una hermosa golondrina patagónica.

## [Final]

Y así atrapa el inspector Vásquez a Von Chamisso, el «asesino de la tinta», como lo llaman en los periódicos. Ahora lo dejaremos un buen rato en el calabozo, para que escarmiente.

La trama, por lo tanto, está resuelta. ¿Toda? Quizá quede algún fleco, y de bastante importancia, al menos desde el punto de vista de la lectora. ¿Recordamos a Olopte Cardús? Está en el almacén de Arteos, unos días después de todo este jaleo, deambulando entre los envíos de libros y remesas de papel. Ya he apuntado que es un poco despistado, pero desde que se fue Jerónimo* al pobre le cuesta Dios y ayuda encontrar cualquier cosa en el almacén. Precisamente va con prisa porque este libro de Hatajo & Olvido tiene que salir para la feria de Besalú. ¿Y qué le falta en esta ocasión? Ah, le falta tinta. Aún necesita imprimir las últimas páginas de este libro.

* Véase más adelante.

En un armario encuentra —alabado sea el Señor— dos grandes cubetas de tinta, de Laboratorios Brigal. No es el lugar donde se guarda la tinta, pero no hay por ninguna otra parte. Pere de Baldrich, con su muy cacareada previsión, piensa Olopte, tiene una reserva de tinta por si las moscas. Qué zorro. Y qué suerte. Cuando retira los dos botes y se dirige a la sala de impresión, el ojo de la lectora no dejará de ver que el aviso* del, a fin de cuentas, no tan previsor Pere de Baldrich, ha caído como una hoja de otoño en el suelo del armario, del revés.

Efectivamente, varios centenares de ejemplares de *Las ciento cuarenta y cuatro páginas de este libro* se imprimen con la tinta tóxica. Se amontonan en palés y se envuelven con cinta protectora. Están a punto de ser cargados en el camión de Jonathan Carlos, pero en el último momento el previsible Pere de Baldrich entra en el almacén y grita: «¡No, Jonathan, no! ¡Esos libros están envenenados!».

Llega un equipo de la policía científica y se hace cargo del palé, lo requisa, se lo lleva, lo incinera. Todos los ejemplares con tinta tóxica se eliminan. Cualquier lectora puede verificar la calidad de la tinta en esta **frase de muestra**. El resultado debe ser verde. En todo caso, lo más importante es no respirar

* «¡Atención! ☠: No utilizar. Tinta tóxica. Entregar a requerimiento del inspector Vásquez o uno de sus subalternos.»

durante más de diez segundos con la página en cuestión abierta delante de una. Unos pocos segundos de más podrían ser determinantes, así que rogamos a la lectora que no se entretenga innecesariamente si sospecha que puede haber tinta tóxica en el libro que está leyen

[La lectora muere]

**FIN**

## [Algunos fragmentos sueltos]

Marta González Lima aplaude con lágrimas en los ojos. George Adrianamantena deja de estar en esa pose romántica, maldice el personaje que le han dado; que él creía que, al aparecer el primero, sería el protagonista [le recuerdo que no era el primero, pero no hay manera]. Abubakar Tutmose se perfila el bigote con una sonrisa, encantado de haber disfrutado de una novela como las de antes, en la que los personajes no fingen ser personas y en la que el autor le habla de tú a tú. Le ha entretenido decentemente durante unas buenas millas, y el retrato que han hecho de él, hay que reconocerlo, no es del todo desfavorecedor.

Von Chamisso sale pletórico del calabozo y se abraza con el inspector Vásquez: «¡Qué interpretación, inspector! Hasta yo mismo he creído que me iba a encerrar durante unos años, qué ímpetu, qué determinación, confieso que he sentido miedo». Y el inspector le responde que no, que qué va, que al contrario, que lo tiene en mucha estima y que lleva años siguiendo su carrera por todas las novelas en las que ha aparecido, que es un gran admirador suyo y que, por cierto, está en muy buena forma física, etc.

Quizá el que se siente más descolocado es Olopte Cardús. «Ya sé que estaba en el guion y que no podía ser de otra forma, pero es que ni me he dado cuenta, me sabe fatal haber matado a la lectora, es decir, novelísticamente.» Lo consuelo como puedo y emplazo a todos a que no se dispersen todavía, que aún hay novela por leer.

—¿Cómo? —pregunta Casandra—. ¿Qué es lo que nos queda?

## ¿El postlibro?

[Personajes: librero, crítico, departamento de márquetin, agente, lectora, etc.]

Es cierto, el libro no ha acabado. Lo que ha acabado es el libro dentro del libro, el libro en sí, porque el libro, como tal, es obvio que no ha acabado. Quedan las últimas páginas que están, por lo tanto, fuera del libro en sí, pero que están en el libro como tal. Es un postlibro totalmente obligado por los posthechos: no puedo olvidarme del departamento de márquetin, del crítico solitario que escribirá unas líneas, del agente que tratará de venderlo en la feria de Frankfurt, o de la lectora que está leyendo el libro ahora, amarillento, treinta años después. Son personajes trágicos a mi entender, de forma que dan al final feliz un toque Schopenhauer, algo en lo que reflexionar después con un café, pero sin exagerar.

## El librero

¡Ya no se venden libros! Así se lamenta el librero Sergio Ramón una mañana de octubre de 2024. Ni un alma ha cruzado la puerta esta mañana, ¡ni una! Ha saludado a la vecina que salía a comprar el pan, y al cartero que le ha entregado dos requerimientos (dos requerimientos más: los deja sin abrir en un cajón lleno de otros requerimientos con la esperanza de que se acaben requiriéndose entre ellos, malditos) y al matrimonio que tiene un restaurante italiano en la esquina… Ha ido saludando y saludando, como cada mañana, como si fuera un monarca que se pasea en carruaje por la Gran Vía, solo que él no tiene carruaje ni chambelanes, sino facturas, requerimientos, embargos, notificaciones, advertencias. ¡Debería hacer una pira y quemarlos todos en la calle, como una hoguera de San Juan! No en vano su librería se llama Fahrenheit 451…

¡Ya no se venden libros, no! La gente se los descarga de Amazon, o los escucha por YouTube, y eso los que leen... ¡Porque ya nadie lee! ¡Leer de verdad! No se refiere a los que leen titulares de diarios digitales o posts de Instagram en el metro... Allí absortos, ciegos por las pantallas, o sordos por los auriculares, conectados a máquinas pero desconectados de su entorno, de la vida, de sí mismos... ¡Qué tristeza! Leer titulares o posts no es leer: no hay continuidad, ni densidad, ni profundidad. Es la superficie de la lectura, una lectura sin memoria, tan continuamente innovadora que es caduca y efímera... ¡Novedad, novedad, novedad...! Cuando lo que deberían hacer es leer a Dante, y luego releerlo, y de vuelta otra vez...

En este país se publican 50.000 novedades cada año, piensa Sergio Ramón. Solo leer los títulos le llevaría una semana. Se publica por si acaso, al parecer. En ejemplares, son más de 250 millones... de los que se vende la mitad. Alguien ha hablado de las tres muertes del libro: un mes en librería, muerto; mercadillo de saldo, muerto; pasta de papel reciclada, muerto y enterrado. El futuro tetrabrik de leche que se compre la lectora podría estar hecho de la pasta de este libro. Albert Raharimanana, que conocimos al principio de la novela en la fábrica de pasta de papel de Madagascar, dice lo siguiente: «Es un círculo, un renacimiento. Nosotros somos el umbral de la metamorfosis. Cuánto me gustaría conocer a mi homólogo que hace los tetrabriks del futuro en ese exótico país de España». Me temo, Albert, que ese deseo está fuera del alcance de este libro. Pero ¡quién sabe! ¡Quizá el público pida una secuela, y entonces sí, podremos hablar de ese homólogo tuyo!

Pero volvamos a Sergio Ramón, está preocupado, eso es evidente.

[...]

Entonces llegó un libro exactamente como este.

[...]

Hojeó el libro sin saber que aparecía en él. Y cuando llegó a este fragmento, dijo: «Qué curioso: alguien está diciendo justo lo que pienso».

## Carta de Jerónimo Rodríguez, que se escapa de la novela

¡Ah, compañeros de la novela! No penséis que me han secuestrado ni que el autor se ha desembarazado de mí (puesto que los personajes se gestan), ni que me he extraviado al volver la página, ni que ando por algún espacio en blanco, inadvertido. No, la razón es mucho más materialista: se me acabó el contrato y cambié de novela.

## Lista de la materia dialéctica

(donde se detalla la renta de cada personaje y el precio del yogur del país en el que vive) (el inventario es tan cercano a la invención como las cuentas a los cuentos. Lo primero que se escribió fueron listas (de ganado, de monedas, de tierras) y puede que lo único que escribamos, a fin de cuentos, no sean más que listas, enumeraciones, clasificaciones, aliteraciones, listas de rimas en -eta, en -aba, en -ón, listas de razones y personajes, una relación de lo que compone el mundo.)

(George gana 225.000 airiaris malgaches al mes. El precio de un yogur en Madagascar es de 900 airiaris malgaches.

Abubakar Tutmose gana 14.000 libras egipcias. El precio de un yogur en Egipto es de 4 libras egipcias. [Miró con comprensión al jefe de máquinas. Al fin y al cabo, solo ganaba 8.000 libras egipcias al año.]

Etc.)

Le gustaba ir al laboratorio muy pronto cuando todavía no había nadie. Durante la noche los olores se aposentaban y le daban un matiz hogareño, concentrado, que se perdía rápidamente en cuanto entraba otra persona. En estos momentos, Von Chamisso se dejaba ir, tenía sus pensamientos más personales. Su tío le había dejado un terreno en las faldas del Tibidabo y quería construirse una casa con su hermano. Era un proyecto complejo porque Von Chamisso insistía en construir una casa divisible, pero que no fueran dos casas adosadas. Había una intención estética y, si se quiere, patrimonial, porque Von Chamisso pensaba que sería más fácil venderla si era una sola casa. Se daba perfecta cuenta de que no tenía sentido pensar en cómo venderla mejor si todavía no la tenía, y sabiendo que si iba a tenerla era para vivir en ella el resto de sus días, de modo que la venta en todo caso atañería a sus sobrinos, y dentro de muchos, muchos años, cuando su ataúd oliera a la misma tierra húmeda de la que formaba parte. Pero no podía evitarlo.

## Por qué no podía evitarlo

Dionisio Jezbelski, psiquiatra de novela, da una explicación para los pensamientos inevitables de Von Chamisso:

No me sorprenden lo más mínimo y la explicación es bien sencilla, verán. Von Chamisso es una mente materialista, pero también metafísica. Pensar en el futuro económico de la casa es equivalente a las elucubraciones de Dante en la *Comedia*: Von Chamisso, como cualquiera de nosotros, tiene voluntad de trascender. En tanto que *Homo economicus* su legado es una previsión de rendimiento de sus activos (virtudes) respecto a sus pasivos (pecados). La inquietud, la angustia y la desesperación, sin embargo, no están bien resueltas. Tengamos en cuenta que no tiene hijos. Además, la promesa de placeres ha sido bastante magra, en su caso. No ha disfrutado de la embriaguez, el sexo y los lujos. Y no es plausible que vaya a disfrutarlos ahora. De modo que el cumplimiento de sus deseos queda pospuesto y Von Chamisso debe volver a ese futuro de rendimiento económico como un burro que persigue la zanahoria. Es una situación bastante precaria, me temo, y no me refiero solo en términos de espíritu. Lo más extraño, si se me permite un comentario, es que piense todo esto con la nariz que tiene.

Von Chamisso tenía voluntad de trascender, aunque fuera a través de la tinta, pero también estaba desesperado y dolido emocionalmente. Frederic Balcells, además de ser un muchacho cumplidor en su trabajo, siempre lo defendía de las bromas crueles de los demás, y Carla Grimau había escuchado más de una vez, y con admiración sincera, las abigarradas cualidades odoríferas que Von Chamisso descubría en micras de resina. ¿Era esta su forma de flirtear? En absoluto. Digámoslo ya: el sexo de Von Chamisso era el equivalente al de una mesa. Pero sentía afectos reales, a pesar de que su capacidad de acción fuera bastante limitada. Y, por encima de todo, sentía afectos morales.

Comillas llegó a media mañana para asistir a una teleconferencia con los directivos japoneses. No salió de muy buen humor. Se tomó la molestia de cruzar la nave hasta el laboratorio para decirle que tenía que hablar con él.

—Un minuto —dijo Von Chamisso.

Fue abrochándose la bata de camino al despacho del director y sintió una emanación de la pintura del *paint-ball.* Lo llamaba un *déjà senti*, en imitación del *déjà vu*. Aquel olor se le había adherido como una canción del verano (los alemanes a esto lo llaman *Ohrwurm*, que literalmente es 'gusano de oreja', y que para Von Chamisso era más bien un gusano de nariz).

—La matriz japonesa —dijo Comillas después de ofrecerle asiento— propone recortar gastos y cree que una restructuración del laboratorio puede optimizar los procesos.

—Entiendo —respondió Von Chamisso ajustándose la mascarilla y percibiendo peróxido de hidrógeno del blanqueante dental de Comillas—, pero ¿qué quiere decir?

—No se me espante, su empleo no corre peligro, Chamisso. Lo que queremos rentabilizar mejor es la tinta. En pocas palabras, rebajar la calidad.

Von Chamisso, en contra de sus principios más sagrados, accedió. No tenía nada que ganar con un enfrentamiento directo, nunca había sido un valiente. Desde que dejó la tele, había aprendido a vivir sin la aprobación de los demás, incluso con su desprecio, como el de este Comillas que prescindía del *von* al llamarlo. Pero sabía esperar.

Pocos días después, llegó Jonathan Carlos, el de cabellos oscuros, para entregar dos palés repletos de los nuevos productos japoneses: resinas termoplásticas, sulfato terroso cristalizado, ácido tánico, pigmentos orientales.

—Qué mal que pinta la cosa, ¿no, señor Von Chamisso? Que han despedido a la Carla y al Frederic.

Von Chamisso congeniaba con Jonathan Carlos. Le parecía un joven entusiasta, que infundía vida, y que a la vez sabía mantener un misterio mundano, alcanzable. La solidaridad entre trabajadores le venía de su padre trotskista, pero en Jonathan Carlos todo iba más allá. Al decir «unión de los trabajadores», por ejemplo, lo que más enfatizaba era «unión». Uno dejaba de pensar en derechos laborales, huelgas o indemnizaciones por despido improcedente. Y Von

Chamisso sabía muy bien qué quería decir Jonathan Carlos con esa «unión». Él mismo había anhelado unir el mundo con su nariz. ¿Religiosidad, esoterismo? No tenía ni idea de cómo llamarlo. Pero era evidente que Jonathan Carlos se refería a lo mismo.

Además, Jonathan Carlos tenía un secreto. Y quizá este secreto fuera el que guiaba inadvertidamente sus acciones. Desde hacía un tiempo y sin que él lo incentivara, se había formado un grupo de personas a su alrededor que se reunía en una casa okupa de Badalona los fines de semana. Había descastados, delincuentes de poca monta, inmigrantes y drogadictos. Pero también intelectuales frustrados, músicos, hijos de buenas familias y profesionales reconocidos. Llamaron a la casa La Hoguera, y un sábado por la noche, ebrios y saciados de amor, se autodenominaron Los Herejes. Von Chamisso había oído algunas historias sobre este grupo al que muchos no dudaban en calificar de secta, y la mayoría de estas historias se las había explicado el mismo Jonathan Carlos, que no veía en ellas más que una forma de reducir la dualidad del mundo.

—Si oyeras hablar a Comillas, lo entenderías enseguida —dijo Von Chamisso—. Es un cocainómano de los malos, que debería cambiarse de ropa interior más a menudo y que en no mucho tiempo tendrá una úlcera. Y eso que apenas cumplió treinta y tres hace unos meses.

Jonathan Carlos mantuvo su sonrisa característica, entre la bondad y la irreverencia.

—Pues habrá que ser comprensivos, ¿no?

Pero Von Chamisso se estaba cansando de ser comprensivo. Los pensamientos inevitables sobre su futuro patrimonial era un indicio claro de desaliento y conformismo. Aquella soledad tan apacible y acogedora en la que vivía empezaba a darle ansiedad, las rutinas ya no le servían de apoyo.

Esa misma noche en el metro vio a una pareja que cargaba varias cajas, dos bicicletas y un carrito con su hijo. No podían con todo. Von Chamisso les ofreció su ayuda, algo que no recordaba hacer desde hacía mucho tiempo. Fue ella quien aceptó; él desconfiaba. Los acompañó hasta su casa, seis paradas más allá de la suya. Subió dos veces cinco pisos, sudó increíblemente. Luego se fue sin que a la pareja le diera tiempo de darle las gracias. Al llegar a casa le parecía haber besado a Dios.

Desde entonces, no dejó pasar ni una oportunidad de ayudar a los demás, lo cual era lo contrario de ser comprensivo. Pero, como decía Jonathan Carlos, los caminos de Dios son inescrutables.

Sobre una base de barniz se baten los pigmentos en una cuba hasta que adquieren la consistencia adecuada. Hay cuatro grupos de tres tolvas que vierten los pigmentos en cuatro tolvas inferiores. Todo el proceso está automatizado. Se introducen todos los parámetros en la pantalla para que las tolvas dosifiquen los pigmentos necesarios. La mezcla es sometida a una fase de molturación en unos molinos tricilíndricos, que ruedan en sentido inverso. El pigmento queda molturado por debajo de las 5 micras. Se añaden el resto de los aditivos y se vierte en una mezcladora. Se pasa al control de calidad. Se analizan las características reológicas (propias de los materiales que son capaces de fluir). Se almacenan muestras. Para determinar la viscosidad, el viscosímetro, en una sala a 20 grados. Es un aparato metálico que recuerda a una radio de los años setenta, con dígitos en rojo. A través de un artilugio con tres tubos se calcula su velocidad de caída. Luego, se utiliza el comprobador de impresión, un aparato pequeño, con varios cilindros. Se coloca un trozo de papel y la máquina lo entinta. También hay balanzas de precisión. El Tack Tester mide la adherencia de la tinta (se determina el grado de salpicadura).

Por último, sección de envasado en latas.

Yo hubiera nombrado, como Linneo, las especies, géneros, subgéneros y subespecies de la novela y sus elementos universales, incluso echando tecla de unas mayúsculas que no cupieran por la página, y decir por ejemplo el Editor, el Autor o el Impresor, así como se dice el Arte o la Belleza; pero en época tan democrática y de personas tan comunes, en que el genio y lo absoluto son como chistes viejos, tuve la suerte de que la novela ya estaba escrita en otras partes, por otros seres tan igualitarios y mundanos como yo, y me he limitado a ir poniendo los fragmentos en orden, a completar y adaptar, y a tomar prestados personajes como el Viajero de Macedonio.

Como es preceptivo, aparece siempre al final de la página, despidiéndose.

«(...) las márgenes de un libro no están jamás neta ni rigurosamente cortadas; más allá del título, las primeras líneas y el punto final, más allá de su configuración interna y la forma que lo autonomiza, está envuelto en un sistema de citas de otros libros, de otros textos, de otras frases, como un nudo en una red. Y este juego de citas y envíos no es homólogo, ya se trate de un tratado de matemáticas, de un comentario de textos, de un relato histórico o de un episodio de un ciclo novelesco; en uno y otro lugar la humanidad del libro, incluso entendido como un haz de relaciones, no puede ser considerada idéntica. Por más que el libro se dé como un objeto que se tiene bajo la mano, por más que se abarquille en ese pequeño paralelepípedo que lo encierra, su unidad es variable y relativa. No bien se la interroga, pierde su evidencia; no se indica a sí misma, no se construye sino a partir de un campo complejo de discursos.»

MICHEL FOUCAULT

Jonathan Carlos, ¿por qué te enamoraste de Casandra Ballesta? ¿Por su belleza, su inteligencia, su dinero?

No. Fue por su olor. Un olor cósmico, el olor del universo. Era como tocar con la nariz el sistema solar. Su pubis era un piano despeinado, sus pechos, dos lunas de pétalos húmedos. Imagínate la tormenta de vibraciones sinfónicas que desencadenaba en mi cadera. Pero no eran feromonas, no era copular sin más. Éramos la primavera, y luego el invierno, y luego el otoño y luego la muerte. ¿La vida? Sí, sobre todo la vida inevitable.

En un almacén a las afueras de Barcelona, muere un hombre de treinta y tres años, Gerardo Comillas. Una cámara capta sus últimos segundos de agonía. Ha caído al suelo y la parte superior de su tronco ha quedado oculta tras unas cajas. Los pies convulsionan; las manos, junto a los muslos, son garras. Luego se queda quieto, tan quieto que no se distingue del resto de cajas. No se ha oído ni un grito, solo el golpeteo del talón de sus zapatos contra el suelo. El vídeo se hace viral en pocas horas.

[Al final de esta parte la impresión debe desgastarse, de modo que la lectora crea que ella misma ha sido envenenada. // Variación: que se pueda hacer fácilmente una prueba con una gota de agua o saliva, como si fuera una prueba de embarazo. «Solo unas pocas remesas de tinta se extraviaron. Pero cualquier lectora puede verificar la calidad de la tinta aquí con una gota de agua o un poco de saliva.

El resultado debe ser de color verde.» // Variación: que esta tinta venenosa, al ser de menor calidad, rápidamente se despigmente y tome un color rojizo si es tóxica.]

Advertir de que lo más importante es no inhalar sobre la página en cuestión durante más de diez segundos, pero decirlo en la última línea y en pequeñito.

«La novela no es una exploración de la realidad; es una exploración de la existencia.»

Milan Kundera

«Parece que la gran distinción entre el arte bueno y el arte mediocre resida en la intención que subyace al arte, en el estado de consciencia que hay detrás del texto. Tiene que ver con el amor: implica la disciplina de dejar que hable aquella parte de ti que puede amar en lugar de la que solo quiere que la amen.»

David Foster Wallace

[…]

## Nota para la lectora que casi lo acaba

(bueno, lo importante no es empezar las cosas, sino ~~acabarlas~~ disfrutarlas)

## BONUS TRACK
## [Las esperadas escenas de sexo oriental]

Abubakar Tutmose conoce varias posturas como «La liberación de la mariposa en busca de la fragancia» o «El pájaro perdido retorna al bosque» o «Dejando que la abeja haga la miel» o «Buscar el fuego desde el otro lado de la montaña», pero lo que le hace Pía Svensson solo lo podría describir como «El mar embravecido cuando anochece».

La lectora tiene que saber que Pía Svensson es una amante experimentada. El hechizo de su esencia de loto es sutil y persistente. Abubakar deja que le desabroche el *blazer* azul marino con botones dorados y charreteras y que le abra la camisa blanca, y Svensson adopta una postura que esta vez Abubakar sí que conoce por el nombre de «Izar la bandera en el golfo de Tonkín». Svensson rodea el pincel de jade con el corazón de su flor y bascula la cadera como una goleta que hunde el bauprés en las aguas. El pincel de jade adquiere su máximo esplendor y traza a izquierda y derecha el contorno de un albatros en pleno vuelo, en éxtasis. Entonces, Svensson le inmoviliza las manos bajo sus rodillas y se mece agarrándose a la crin plateada de su pecho. Tutmose pone los ojos en blanco y murmura incomprensibles alabanzas a Alá, pero Pía Svensson es una amante experimentada y no quiere que la esencia retenida se disperse todavía, de modo que adopta la postura «Cuando el oso polar hiberna en su guarida» para que Tutmose pueda admirar el hipnótico bamboleo de las campanas de terciopelo y trace con su bigote, en arrebatos de pasión, paisajes de una belleza desconocida. Incapaz de contenerse ya, Pía Svensson da rienda suelta a un primer arrobamiento que Abubakar debe enmudecer suavemente con la mano para que no alerte al resto de la tripulación. Al fin y al cabo, están en el puente de mando y les podrían sorprender en cualquier momento. La noche es oscura e inacabable. Pocos instantes después, Svensson reinicia el cortejo del Manacín de Cabeza Roja agarrándose a la bitácora, guiando su placer como si ella misma fuera quien lo sintiera, y entonces sí, las plegarias de Tutmose son atendidas y el mismo *Green Seal* se estremece en un arrebato conjunto, totalmente oriental, y los cuerpos de Svensson y Tutmose se abrazan, palpitantes, exhaustos y liberados por la llanura del mar, que recibe su muerte de crisálida como una comunión.

Un joven le dice a Kafka: «No podría vivir sin libros. Para mí los libros son el mundo entero».

Kafka: «Eso es un error. Un libro no puede ocupar el sitio del mundo. Eso es imposible. En la vida, todo tiene su propio significado y su propia finalidad, para lo que no puede haber ningún sustituto permanente. Un hombre, por ejemplo, no puede adquirir experiencia de manera indirecta, y esa es la relación de los libros con el mundo. Uno trata de aprisionar la vida en un libro, como a un pájaro en una jaula, pero no sirve de nada».

# Índice

# NMK*

* Una serie que acoge textos breves sobre asuntos variopintos con un juego como caprichoso hilo conductor: con cada título los autores aludirán a un número libre de argumentos (tres, veinte o cinco mil) alrededor del tema que elijan.

1. *Un brindis per Sant Martirià*, Albert Serra
1. *Un brindis por San Martiriano*, Albert Serra
2. *Artaud, cruz entre dos rostros*, Arnau Pons
3. *Mester de batería. La tríada en el texto*, Ce Santiago
5. *Cinco lorzas metafísicas*, María von Touceda
8. *Ocho entrevistas inventadas*, Enrique Vila-Matas
9. *Nueve cantares para Yung Beef*, Manuela Buriel
66. *Seixanta-sis sinofosos*, Adrià Pujol Cruells
124. *Ciento veinticuatro huecos*, Begoña Méndez
144. *Las ciento cuarenta y cuatro páginas*, Alfonso Barguñó

Esta primera edición de
*Las ciento cuarenta y cuatro páginas ~~de este libro~~*,
cuadragésimo tercer título de H&O Editores,
consta de 750 ejemplares y se entregó
a imprenta en Sant Esteve Sesrovires
el 12 de agosto de 2024.

«Cuando los editores ya no pueden sentirse orgullosos
de su producción, cuando ya no pueden justificar
su carrera por los libros que han sacado a la luz,
buscan las compensaciones más cínicas para
colmar esa brecha moral.»

*La edición sin editores*
André Schiffrin